小窗口助力大梦想

徐敏的故事

中共上海市浦东新区委员会宣传部
上海市浦东新区市场监督管理局
编著

上海人民出版社

全国“人民满意的公务员”——徐敏同志

上海市委常委、浦东新区区委书记翁祖亮等领导会见报告团成员

上海市委常委、宣传部长周慧琳等领导会见报告团成员

“我与共和国共奋进”先进事迹报告会
我与共和国共奋进
徐敏同志先进事迹报告会

报告会现场

全国“人民满意的公务员”
徐敏同志先进事迹报告会

报告会成员

徐敏在中国共产党第十九次全国代表大会上

徐敏在中国共产党上海市第十一次代表大会上

徐敏在浦东新区“三好两满意”表彰活动现场

徐敏在注册窗口接待企业服务对象

“徐敏创新服务工作室”揭牌

“徐敏创新服务工作室”成员

“徐敏创新服务工作室”为企业提供咨询等服务

徐敏与工作室成员研讨问题

徐敏创新工作室成员在上海飞机设计研究院有限公司调研

徐敏创新工作室成员在张江孵化器调研

徐敏创新工作室成员在金桥中科新松有限公司调研

徐敏创新工作室成员走访高桥蚂蚁小镇

中央电视台对徐敏的专题新闻报道

人民日报 两会特刊

基层回声

“徐敏创新服务工作室”办理现场。本报记者 唐知力摄

推行“多证合一”企业更好出发

本报记者 郝洪

今年1月8日，上海浦东市场监管局注册许可分局企业注册科科长徐敏有了一家以自己名字命名的工作室。

注册窗口是企业进入市场的第一个环节，也是市场晴雨表之一。成立“徐敏创新服务工作室”，是浦东在企业注册登记改革上的一次尝试。

“自2001年开始，浦东的注册登记每年都有改革创新。”徐敏回忆。2017年，徐敏明显感到改革的步子迈得更快。这一年，上海自贸试验区开展“一照多址”改革探索；优化新兴行业企业经营范围登记方式，在全国首创经营范围标准化词典库；在“五证合一”基础上推行“多证合一”，进一步降低企业办事成本……

“未来，工作室将从实际出发，调整登记流程和方式，减少中小企业的商务成本，让企业更好地出发。”徐敏说。

解放日报

新时代奋斗者

做『创业蚂蚁』们的『梦想合伙人』

徐敏创新服务工作室成立一年，把温暖服务带给越来越多的企业

新时代奋斗者

浦东新区“徐敏创新服务工作室”成立一年多来，已帮助数百家企业解决近600个急难问题

让营业执照申请人感受有温度的政府服务

DEPTH NEWS 新闻纵深 浦东时报

新时代奋斗者

“有力度”的改革+“有温度”的服务

——记徐敏创新服务工作室

焦点 03

一线工作25年的“老法师”成立工作室创新服务

培养骨干当好企业政务“店小二”

各大媒体对徐敏的专题报道

徐敏获全国“人民满意的公务员”称号

徐敏获得的各种荣誉

目录

调研篇

聚焦篇

前　言

在浦东的企业注册窗口，有一位“金牌店小二”徐敏，26年的光阴中，她在平凡的岗位上，真诚奉献，锐意创新，为数以万计的市场主体提供无微不至的服务。2019年6月，徐敏获得全国“人民满意的公务员”称号，受到习近平总书记的亲切接见，并代表全国优秀公务员作交流发言。

2019年是落实习近平总书记交给上海三项新的重大任务的重要一年，而浦东新区更是承担这一重任的主战场，上海市委、市政府印发《关于支持浦东新区改革开放再出发　实现新时代高质量发展的若干意见》，为浦东打响了“发令枪”、吹响了“冲锋号”，1210平方公里的热土上群情振奋，斗志昂扬。

徐敏总是将自己比作“小浪花”，滴水而见阳光，她的精神所折射的，恰是身处改革开放前沿的浦东人最可宝贵的品质，更是值得浦东全体党员干部学习践行的样本。

让我们学习徐敏“充满激情”的奋斗姿态，始终把职业当事业，在平凡岗位上干出不平凡的业绩。让我们学习她“富于创造”的能力本领，善于把无解变有解，努力在攻坚克难中闯出新路。让我们学习她“勇于担当”的使命意识，坚持把责任扛肩上，真正做到愿做事、敢干事、能成事。

把每一件简单的事做好就是不简单，把每一件平凡的事做好就是不平凡。回望徐敏一路走来的轨迹，我们发现“徐敏的故事”有一种质朴而绵长的力量，越是细读她桩桩件件服务企业的案例，越能感受到改革创新者推动时代前行的付出与努力。

正因如此，我们编辑出版《小窗口助力大梦想——徐敏的故事》，希望通过一个个生动详实的故事，一份份真情流露的讲述，一篇篇记录时代的报道，展现徐敏在注册窗口服务企业的点点滴滴，盘点她勇于突破的创新之举，传递她所折射的浦东创业者的豪情。

卓越篇 BRILLIANT

平凡中追求卓越

——记浦东新区市场监管局注册许可分局党总支副书记徐敏

2017 年，于徐敏而言，是颇具荣光的一年。10 月 18 日，党的第十九次全国代表大会召开，徐敏作为服务企业的普通党员，成为一名光荣的党代表，从小窗口走进了人民大会堂。

那天，徐敏小心翼翼地别上党徽、自豪地走进会场，回忆起参会的

场景，再回首她在注册窗口工作的点滴，徐敏心中思绪万千，恍然间感觉这一切就好似发生在昨天……

自 1993 年起，徐敏就驻守在注册窗口的第一线，她将最美好的青春都奉献给了注册窗口，对窗口的情感已是不言而喻。

那一年，徐敏入职新成立的浦东新区工商局，开启了她在注册窗口的人生新篇章。在市场准入的第一道窗口前，她接待了无数海内外的投资者、创业者，为他们提供咨询、告知他们办理流程、受理一件又一件审核申请案，一张张营业执照都由此变得鲜活了起来。

徐敏至今还记得第一次坐在注册窗口前的心情。她有些紧张也有些忐忑，但很快，就被扑面而来的创业热潮震撼了，一波又一波的人来到窗口前，或是申请开办企业或是前来变更增资，他们的脸上写满了豪情壮志，而在他们匆忙奔走的脚步里，还诉说着要在浦东“大展拳脚”的决心。

1993 年，一切都还刚刚起步，很多事情还在摸索阶段，申请企业登记条件非常严格，像徐敏一样的窗口注册人员的工作就像是“守门员”，一定要把好市场准入这道关，这便是他们最常挂在嘴边的话。

那个时候，受理的窗口面积不大，在还不满一平方米的空间里，徐敏却深深感受到了浦东开发开放对外界释放出的强大吸引力。她在心里暗暗告诉自己：我也要干出点名堂来!

她就像她最爱的那首小诗——《小河的歌》那般。诗中这样写道：我默默无闻 / 没有人知道我的名字 / 每天，我缓缓地从山野流过 / 在太

阳和星辰的凝视下 / 低低吟唱自己的歌……

徐敏对待工作亦是如此。她常说："我做的事都是平凡的，我也是个平凡的人，而我要做的，是在这份平凡中追求卓越。"但也有不少人问她："你的工作看上去每天都是差不多的，会感觉无聊吗？"她每每听到这个问题，眼里都是坚定的神情，乐在其中便是她一直以来的回应。

她是这么说的，也是这么做的。在她看来，注册窗口，是离改革创新的热潮最近的地方，也是最先体会到市场经济发展的地方。

对于注册人员来说，为企业核名是常规工作。但是徐敏，不仅为众多企业核了名，更为不少企业取了名。

在徐敏的办公桌上，常备着一本《新华字典》。这些年，工位换了再换，字典的纸张开始慢慢泛黄，纸张的边缘也已微微卷起，但这本字典仍然伴在她左右。从走上注册窗口的岗位开始，她就用这本字典为企业核名、取名，它帮助了无数企业解决了注册时遇到的首个难题，而徐敏对它更有一份难以割舍的情怀在。

多年前，有一家绿化企业，注册时选用的名字都没有通过，他们起初想选的名字中有个“翠”字，但和其他企业重名率太高，无法通过审核。于是，徐敏便在字典中找了个“叠”字，一般企业用得比较少，而且层岚叠翠的意思，也很贴合绿化单位，一下子就注册成功了。

“中国人讲究取名的意蕴，响亮吉利的字号意味着一个好彩头。但不少企业在注册时遇到了重名问题，只能另起名称，这时如果让他们回去重新起名，势必要多跑几次窗口。所以我会找一些有意思的字眼，推荐给他们。”徐敏回忆着过往的点滴，还历历在目。

2019 年，徐敏已在注册窗口坚守了整整 26 年。多年来，她亲历浦东工商注册的改革和创新，见证了浦东日新月异的发展和变化。

尤其从 2014 年起的 5 年时间里，市场监管体制改革不断、创新举措频出：2014 年，浦东启动工商、质监、食药监“三合一”，挂牌成立浦东新区市场监管局；2015 年推出市场准入便利化“双十条”；2016 年开展企业名称登记制度改革试点；2017 年浦东新区“全网通办”和“三全工程”正式启动，“多证合一”“一照多址”等改革相继试点……

浦东相继出台了 120 余项改革创新举措，88% 形成各个层面制度文件，50% 以上在全市乃至全国复制推广。门槛降低了，办事便利了，浦东注册申请的企业数量急剧上升。但是，无论工作有多忙，无论岗位怎么调整，不变的是徐敏温和而亲切的笑容，为企业服务的真诚而热情的心。

“只说 Yes 不说 No！”“只设路标不设路障”“不说不能办，要说怎么办”……这是徐敏的工作准则，慢慢地已经成为窗口所有工作人员的工作准则。在窗口工作人员身上，更多企业感受到了政府的温度以及速度。

2017 年，上海衍禧堂企业管理有限公司投资设立的“HiMed 医创空间”正式开业。不需要租赁多大的办公场地，只要租几个工位，就能注册成立公司——这让初创企业大大降低了创业成本。然而，企业最初申请注册时却遭到了拒绝。

那时，这家初创企业在浦东企业服务中心申请注册公司时，窗口工作人员发现，申请表上的“住所”最近频繁出现，而且表述也并不清楚。不过，窗口人员并没有简单地说“不”，而是告知“将进一步核实情况”，并向分管领导徐敏作了汇报。

几天后，徐敏率队来到“HiMed医创空间”。当她看到一个个工位时，终于明白为什么多个公司申请注册表中会出现同一个“住所”了。

“工位登记，企业注册中从无先例。”徐敏告诉衍禧堂的负责人，她对企业的创新做法表示理解，但是首先要向注册许可分局分管领导汇报，并对这种情况调研后作专题研究。

那段时间里，她多次带队到“HiMed医创空间”展开调研，并且与管理方、初创企业开展座谈，开展可行性研究，并多次向市级审批部门汇报。最终，浦东新区市场监督管理局先行先试，为“HiMed医创空间”特事特办，通过了“工位登记”这一创新做法。从此，“工位登

记”的做法在浦东逐渐铺开。

对于从未有过先例的“工位登记”，徐敏没有简单地说“不”，而是想方设法地帮助企业解决问题，最终促成这一全国首创的注册方案落地，更让企业真切地从中感受到了这位“金牌店小二”认真负责的专业和创新精神。

其实，为了新政的出台、为了浦东的营商环境，徐敏早就数不清自己究竟加了多少班，没法细细统计到底翻阅了多少材料，更是不知熬了多少个夜晚……

徐敏曾帮助过的一位企业家——上海二三四五网络控股集团的监事会主席康峰，他对徐敏的专业和热情赞叹不已。随着企业的迅速发展，康峰和他的同事们开始经常加班。深夜，他打开手机便会经常发现，徐敏发在朋友圈的信息显示也在工作。“这时候，我就会收起牢骚，振作精神，重新投入到工作中，心里想的是：政府公务员还在为我们加班，我们又有什么可抱怨的呢！徐敏，已经成为我们的‘工作标杆’。”康峰说。

参加十九大归来后，徐敏已慢慢将工作重心从窗口转向幕后，虽然发挥作用的舞台变了，但和企业的距离却是更近了。她带领团队走进企业，宣传党的精神和市场监督管理局的各项新政，了解企业的急难愁问题，开展专题大调研，将服务延伸到“家门口”……

浦东把握“准入”这一关键环节，推动改革持续发力，不断提升市场准入的便利度和开放度；每一项政策发布之后，徐敏就会带领团队忙上很长一段时间。

比如，当市场准入便利化“双十条”措施一推出，徐敏便带着团队前往创新创业企业，为大家做具体讲解；当“证照分离”改革落地后，他们又开始忙着为企业解决办证难的问题；随着许可审批方式的创新，浦东在全国率先实施“进口非特殊用途化妆品备案”试点后，他们又赶到不同的企业进行内容宣讲……

2019 年新年伊始，三林镇企业服务中心挂了一块新牌匾——“企业家门口服务中心”。除了大厅专设的“企业窗口”可以随时为企业提供注册、咨询等各类服务外，“徐敏创新服务工作室”团队也定期上门为企业提供服务。

2019 年 3 月 5 日，又是一年“学雷锋纪念日”，徐敏率队来到“蚂蚁小镇”，和企业面对面交流。从早上到中午 12 时，他们身边仍围着不少企业代表，不肯散去。“整场宣讲会，满满的都是干货；市场局的同

志有问必答，答且必精。”企业代表评价说：“他们真是把服务送到了家门口。”

徐敏坚持每走一个点、参加一个活动，就和企业主要负责人建立一个微信群，将工作室延伸到网上，在线上予以咨询答疑服务，逐渐地形成了工作室 24 小时服务机制。

365 个日日夜夜，徐敏带着团队已帮助企业解决了上千个难题，而且，这样专业又贴心的服务还在浦东这片热土延续着……

在她服务过的企业办事人员心中，徐敏是“创业导师”“梦想合伙人”“知心朋友”，更是政府形象代言人、“金牌店小二”，在同事们心中，她还是可亲可敬的“徐老师”“徐妈妈”。

2018 年 1 月 8 日，浦东新区市场监管局 2018 年优化营商环境

“二十条”发布。作为其中优化政务服务、提升企业感受度的举措之一，“徐敏创新服务工作室”正式揭牌。徐敏和她的同事们以十九大精神为指引，以更加热情、专业的服务为企业发展保驾护航。

而这也不仅仅是徐敏的心声，更是她作为一名党员的职责和担当。

在工作室成立后的一年多时间里，徐敏和另外 10 名年轻的注册官，常常在工作室这方空间里接待企业，了解他们遇到的困惑；但更多的时候，是他们走出工作室，到离企业更近的地方去。也正是由此，团队的“大调研”之路正式拉开序幕。

徐敏曾说，只有走到企业身边，才能真正明白他们的创业项目对市场的意义；才能看到一张张薄薄的营业执照背后，是满怀梦想、充满热情的团队；才能了解经营范围那几个简单的字眼背后，市场经营主体在释放着多么强大的生产力。

而今，越来越多的企业体会到了徐敏和工作室带来的这份“小幸运”。从工作室成立起的一年多时间里，徐敏和小伙伴们深入一线，细致调研走访企业 500 多家，解决了 600 多个企业实际需求。

谈到工作室成立的初衷，徐敏是这样说的：“我们常说，要用公务员的辛苦指数换取企业和群众的满意指数。这个理念没错，但公务员的辛苦，不能消耗在重复劳动中。需要有创新的理念和方法来不断提高政务服务的效率。”

2019 年，徐敏和团队还在探索“申请要件标准化”，这项创新的出发点，就是顺应上海大力推进的“一网通办”服务。

“一网通办”服务可以解决企业和群众办事要跑多个窗口的麻烦，但给窗口的受理人员带来了新的挑战。他们不但要懂企业注册，还要懂环评、卫生等事项。

面对改革带来的新挑战，徐敏认为，一方面要加大对窗口工作人员的培训力度，另一方面也要从申请要件的标准化入手，通过提取后台的审批要素，为申请者在准备材料时提供更明确的指引，真正做到“最多跑一次”。顺应新时代的变化，让政府服务不仅有真诚的态度，更有过硬的功夫。徐敏和团队正在用创新的方法，将不断为自贸区建设注入新活力。

在徐敏的影响下，注册许可分局的“大家庭”团结进取，扎实工作，获得“商事制度改革中成绩突出的企业登记窗口工作人员”“上海市先进工作者”“上海市五一劳动奖章”“浦东新区五一劳动奖章”“浦东新区三八红旗手”“浦东新区先进工作者”等多项荣誉，成为浦东市场监管局的工作标杆，她个人也获得了区、市两级多项荣誉。

每次获荣誉时她却总是谦逊地说："我只是市场监管局这棵大树上的一片小小树叶，有幸置身于一个肯干、能干、团结的集体，所有的成绩都是同事们积极配合的结果。"

如今的徐敏正变成"徐敏们"，"改革更有力度、服务更有温度、贴近企业需求、实现精准服务"正是"徐敏创新服务工作室"的口号，这方空间就像是一个苗圃，一批"小徐敏"正在茁壮成长起来。

工作室成员季国峰说，每天慕名来找徐老师的人很多，经常在她的办公室外排起长队，不管认识或是不认识的，不论大企业还是小公司，她总是热情接待，耐心聆听，仔细解答。"我们常常会看到她手头的公文批不了几页就会被打断的情况，但她丝毫不恼，还是以微笑示人。而加班加点更是早已成了她的家常便饭。在她的带领下，办事窗口让越来越多的企业感受到了政府服务的温度。”

而今，“金牌店小二”“党的十九大代表”“人民满意的公务员”等荣誉称号都是徐敏的“标识”，大家一听到这些称号，想到的也一定有徐敏。努力和付出不会辜负任何一个人，徐敏能获得今天的非凡成绩，不仅仅是因为她是那一朵最赶上趟的浪花，更因为她一直在一步一个脚印踏踏实实地前进……

全国“人民满意的公务员”

——徐敏同志先进事迹报告会

（2019 年 7 月 4 日）

主持人：蔡燕

在上海，每天、每小时、每分钟、每秒钟都在发生着变化，这些浦东的数据代表着上海这座城市的发展速度与高度。而创造如此骄人价值的，是一个个经济细胞，一家家富有活力的市场主体。

大家好，我是浦东电视台记者蔡燕，今天我将向大家介绍一位来自浦东新区的“金牌店小二”，浦东市场监管局注册许可分局党总支副书记，党的十九大代表，全国“人民满意的公务员”称号获得者，徐敏。

1990 年 4 月 18 日，党中央国务院宣布浦东开发开放，中国改革开放的进程开启了新的华章。1993 年，徐敏入职新成立的浦东新区工商局，成为注册窗口的一名新兵，她坐在市场准入的第一道窗口前，接待海内外的投资者、创业者，提供咨询、告知办理流程、受理审核申请案，办出一张张营业执照。

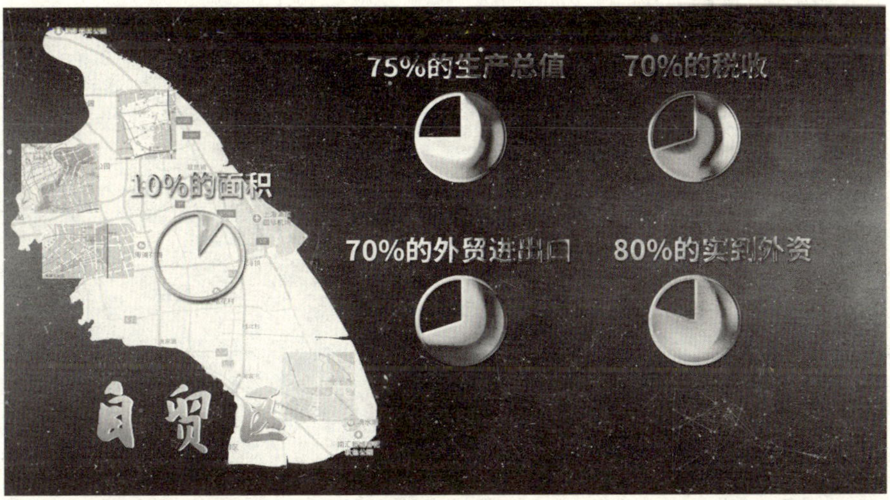

2005 年，浦东成为全国首个综合配套改革试点区；2013 年，全国第一个自贸试验区在浦东设立；2015 年，上海自贸区扩区……浦东掀开的每一段新篇章，都有无数人参与其间，徐敏，也始终在自己的岗位上努力工作，为改革发展贡献力量。

“商事制度改革”、“证照分离”改革、深化“放管服”改革、优化营商环境……如今许多与这些词汇相关的创新举措，从浦东发端、在上海推广，进而被复制到全国。

在浦东开发开放29年的时光里，在实现中国梦的征途中，是许许多多和徐敏一样的奋斗者、追梦人，共同坚守着这样8个字：“守护梦想，助力飞翔”。

主持人：蔡燕

“守护梦想，助力飞翔”这8个字是徐敏工作的写照，也是浦东市场监管人践行的理念。在他们看来，注册工作事关创新创业者的梦想，没有什么比梦想更珍贵的东西，也没有什么能比帮助别人实现梦想更幸福的事了。

今天的第一位分享人，他与徐敏的相识缘起于一张特别的代表证。两年前，上海市第十一次党代会隆重召开，徐敏和“蚂蚁计划”发起人于杰同为党代表，在会场上相遇了，一位是互联网教育领域率领“蚂蚁雄兵”的领军人，一位是为创业者服务的金牌“店小二”，两人一见如故。

于杰把这次相逢形容为：“在党代会上找到了梦想合伙人！”

“蚂蚁计划”发起人：于杰

我们的“梦想合伙人”

从相识、相约到相知，近两年时间里，徐敏给我留下了三个深刻的印象。

我们相识于 2017 年 5 月 8 日，上海第十一次党代会胜利召开那天，让我收获最大的，不止是聆听党的声音，还有幸结识了一位志同道合的“战友”——徐敏。

会场上的徐敏庄重而严肃，但我却感觉不到一点“架子”。听说我是企业代表，她就主动向我了解企业发展情况以及发展中的困难。

亲切，这是徐敏老师给我的第一个深刻印象。

党代会后，我尝试着邀请徐敏老师到蚂蚁的孵化基地来看看。没想到徐敏老师一口答应下来，第二天上午就带着她的小伙伴们来调研。

除了调研张江的创客空间，还调研高桥的蚂蚁小镇。现场与蚂蚁创

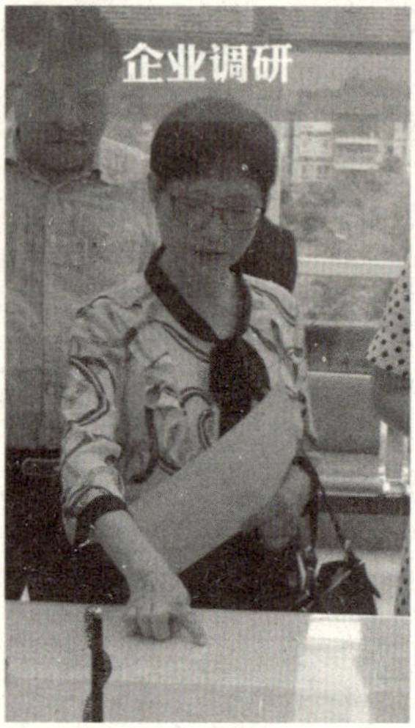

客一起座谈，针对企业注册、经营范围、广告宣传等问题一一解答。

我们向她详细汇报了我们互联网改变教育的梦想，徐敏老师听完之后说，这不仅关系到我们的孩子，还关系到我们浦东产业发展的人才需求。你看这样，我们的团队先回去学习研究，再组织我们的团队来专门调研。

专业，这是徐敏老师给我的第二个深刻印象。

从第一次来访之后，我们经常邀请徐敏老师来“蚂蚁小镇”做客，而她每次过来，都带着“礼物”。这些“礼物”，都是我们企业最需要的，包括新政策的解读、企业调研、现场咨询等，为我们的创客们指点迷津。

而且，她跟不少创客加了微信，还建立了服务的微信群。只要企业有疑惑随时都能通过微信或者电话联系到她，真正做到“有求必应”。

热忱，这是徐敏老师给我的第三个深刻印象。

看到创客提很多问题，有些是常规问题，徐敏老师告诉我们，市场监管局刚刚成立“徐敏创新工作室”，可以在蚂蚁小镇挂牌，通过与蚂蚁的运营团队一起服务创客。由此开创1对1对N的服务模式，梦想合伙，真正实现7×24小时服务创客。

2018年年初，我接到徐敏老师发来的微信，她告诉我一个好消息：“上海市对托幼机构审批的新政策落地了，上次没能成功注册的企业已经符合新政策，可以来办理企业登记了。”正是她对政策及时精准的把握，才让我们创业者注册企业的时间大大提速。

2019年3月5日，“学雷锋日”当天，徐敏老师带着“创新工作室”的青年骨干们，一起来给创客们答疑解惑。我记得那天的交流会，从早上9点一直持续到中午12点，创客们还围在她身边，不肯离开。

“整场宣讲会，满满的都是干货！”我们的创客是这样评价的。那天过后，创客们还给她起了一个有趣的名字——“问不倒”。

小蚂蚁在一起奋斗就是蚂蚁雄兵，小蚂蚁在一起发生链接就能产生奇迹。

2015年3月21日，响应国家双创号召，我们发起“蚂蚁计划”，就是让有教育梦想、敢于创业的人，有一个圆梦的舞台。感谢徐敏和徐敏们，在“蚂蚁们”注册成立、落地浦东的过程中，她和她的团队给予了许多的帮助和支持。让我们的“蚂蚁雄兵”不断壮大，让更多“小蚂蚁”实现自己的梦想。

可以说，徐敏就是“蚂蚁计划”的一位重要的“梦想合伙人”！

主持人：蔡燕

在上海自贸区企业服务中心，几乎每个窗口都摆放着这么一个标志牌：“只说 YES 不说 NO”。这是从徐敏团队的工作中总结出的理念。除了“只说 YES 不说 NO”，还有“不设路障设路标”、“不说不能办，只说怎么办”……一系列服务“金句”成为上海自贸区所有窗口工作人员的座右铭。

这些“金句”，代表的不仅是耐心细致服务企业的“店小二”精神，更是上海坚定信心谋改革、推改革、促改革，满腔热情投身改革、参与改革、服务改革的真实写照。

政府部门的服务究竟做得好不好，企业说了算。下面就请优读科技的行政人力副总经理刘玉梅来讲一讲他们的故事。

优读科技行政人力副总经理　刘玉梅

企业的“贴心向导”

大家好，我是优读科技的刘玉梅。我们是一家科技企业，这么多年一直埋头于科技研发，可以说是“工程师文化”主导的企业。

说心里话，企业的行政事务是我们这些搞科研出身的创业者最大的

劣势。这时候，我们最需要的是一位“向导”，为我们指明方向，让我们在“商海”中“不迷路”。

幸运的是，我们遇到了徐敏这位“贴心向导”。

2018 年 11 月，我们打算申请一家新的子公司，名字是一开始就想好的：上海微报账数字科技有限公司。因为我们有一个拳头产品，名称就叫“微报账”，而这家子公司成立后，主营方向就是“微报账”业务。可是，我们首次申请注册时却未能通过。原因是：“报账”二字，属于财税专有名词，不可以作为公司名称进行注册。

这下，该怎么办才好呢？“微报账”这款产品，我们已经在市场推广了几年，覆盖面很广，在全国积累了许多客户。如果公司名称和产品不一致，肯定会让客户产生误解，以为软件不是我们自主开发的，降低企业的信誉度。

后来，窗口工作人员为我们介绍了一位“老法师”，她就是徐敏，我们没想到她对我们的帮助是如此地“深度介入”。

徐敏最先是跟我们“热线连接”。每次打电话都半个多小时，我们提出了各种“外行”的问题，但她从没有不耐烦，总是耐心解释，而且让我们也能很容易听得懂。

没想到，几天后她还亲自“上门调研”。我清楚地记得，那天是12月25日，圣诞节。我们演示了“微报账”产品，她一下子就指出了这款产品的优势：“这款软件符合经济数字化战略目标，能有效打通电子发票在线报销‘最后一公里’。我们作为职能部门，一定会想办法帮你们解决这个难题。”

她还让我们提交一份情况说明书，并详细地列出了说明书具体要写哪些内容，说这份文件会提交到市场监督管理局进行研究讨论。

说实话，一家尚未成立的企业，能够得到这样的重视，我们已经非常感动了，那时我心里想：“微报账”的名称能不能用已经不重要了，但我们已经认准“上海浦东营商环境最好”，一定会深耕于浦东张江，把事业做大、做好。

没想到，徐敏对企业注册这件事，比我们还上心。2019年1月9日，徐敏陪同我们到上海市市场监督管理局去咨询注册公司的事情。市局为此开了专题座谈会，再次给了我们一个惊喜。尽管“行业名称”这个底线不能突破，但他们建议，将“报”改为“宝”，于是我们的子公司“上海微宝账数字科技有限公司”当天通过了预审核名；1月18日，

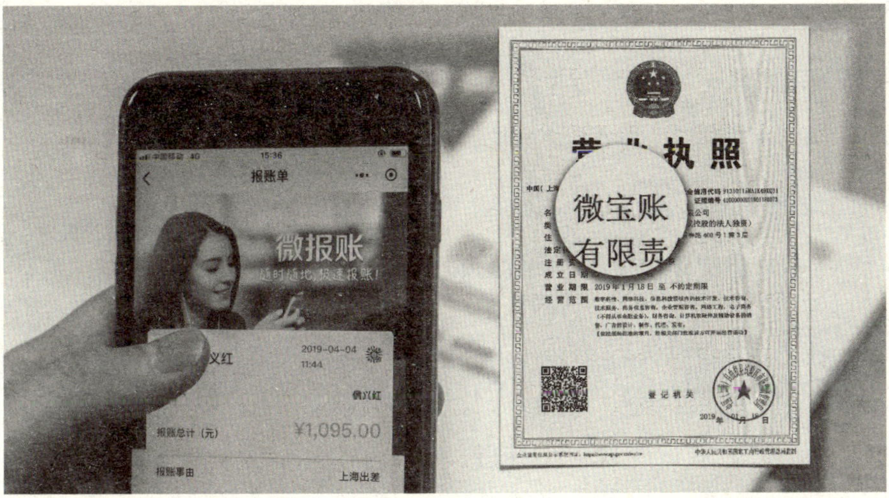

公司就拿到了营业执照。

这一字之改，对于我们来说意义重大：首先，这个字取谐音，让客户觉得这个产品就是这家公司做的，不会产生误解；其次，“宝”是在线金融产品常用的字，有“宝贝”的含义，“微报账”产品就是我们公司的一款重要产品，也是发票市场规范中的“一宝”，恰如其名。

我们这家子公司注册运作后，业务发展迅速。短短 3 个月，服务近 30 万个人用户，8000 多家中小微企业、个体户和电商商家。

公司名称注册虽然一波三折，但我们感到幸运的是，遇到了以徐敏为代表的政府的“金牌店小二”。因为他们的热情、高效、认真的服务，让我们感受到上海浦东优良的营商环境，让我们对在这片热土上发展更充满信心！

主持人：蔡燕

“是你们一点一滴专业、细致、务实的工作，创造了上海这么好的创业、经营环境，让更多的创业者、经营者信心满满！”

这是来自优读科技写给徐敏团队的感谢信，它印证了在上海这片创新创业的热土，不管是蚂蚁雄兵，还是大象军团，都能找到发展机会，享受同样的服务环境。

如今的徐敏正变成“徐敏们”，2018年，“徐敏创新服务工作室”正式成立，一根红色飘带穿起了政府与企业，一颗爱心寓意温暖阳光的服务理念，“改革更有力度、服务更有温度、贴近企业需求、实现精准服务”，一批“小徐敏”正成长起来。

下面我们请上其中的一位代表，徐敏创新服务工作室的成员，季国峰。

徐敏创新服务工作室：季国峰

“加减乘除”，徐敏创新工作法

大家好，我是徐敏创新服务工作室的成员，季国峰。

这是我们工作室的 10 个小伙伴，加上徐敏老师，平均年龄只有 30.4 岁，都来自浦东市场监管局注册许可分局。

浦东市场监督管理局承担着原工商、质监、食药监三个局的职能，以及后来新增的物价、酒类专卖职能，注册许可分局同样如此，原来多个条线的注册许可事项整合在一起，工作强度可想而知。但是，我们是“忙并快乐，忙并自豪着”。

先说说我们的工作室，这是 2018 年 1 月 8 日正式揭牌成立的照片，让我们自豪的是，“徐敏创新服务工作室”是作为浦东市场监管局优化

营商环境“二十条”中，优化政务服务，提升企业感受度的举措之一，我们这个团队是带着创新与服务的基因降生的。

因此，我们将学习、思考、领悟、践行十九大精神作为工作目标，积极参与浦东的商事制度改革工作，扎实开展大调研活动，深入企业问计问需，及时解决市场准入方面的急难问题，为推动浦东营商环境进一步优化贡献力量。

徐敏是我们的领导，但我们总是习惯地称呼她为“徐老师”，在我们这些年轻人眼中，她就是一位良师益友。随着对徐老师的工作风格越来越熟悉，我们总结出了属于她的一套“徐敏工作法”，简单来说就是“加、减、乘、除”。

什么是“加”，“加”就是改革的力度+服务的温度。

浦东是全国改革开放的桥头堡，在区委、区政府的领导下，浦东的改革与创新者们不断深化各项改革举措，徐敏就是这桥头堡上的一名排头兵。

她常说，我们是和企业贴得最紧、与市场离得最近的部门之一，就像冲击钻的钻头，找到改革的突进点，就要奋力向前，改革的力度就体现在我们身上。

自2015年以来，社会大众创业、万众创新的热情高涨，企业新增数量激增，新需求也不断出现，对我们注册登记窗口带来新的挑战。针对新需求、新情况，如何最大程度上守护企业创业梦想、助力企业发展成长，成为徐老师一直努力的方向。这一年，徐老师全程参与并推动了

“窗口无否决权”服务机制的制定，其核心就是不说不能办，要说怎么办。2015 年 11 月，李克强总理在登记窗口了解“窗口无否决权”后，说道：“这个做法很好，你们就是为双创服务。”目前，这项服务机制已经在浦东全区复制推广。

徐老师始终将“打造一个有温度的窗口”作为行动准则。

刚到徐老师的部门工作时，我觉得注册许可分局的事项虽然多，但只要上班时间抓紧点，这些文件还是能审批完成的，她为什么每天都在加班呢？观察了一阵，我才发现，原来徐敏的上班时间几乎都是“接待时间”。在她桌上有两部电话，一门内线、一门外线，加上她的手机，徐敏对这三个电话的接听次序安排是这样的：内线连接着窗口，打来一定是急事，第一优先；外线号码对外公布，打来的大多是咨询电话，可以排在第二位；手机，通常是熟人或是家人打响的手机铃声，却常常被

她冷落在一边。

每天慕名来找徐敏的人也很多，经常在她的办公室外排起队来，不管认识不认识的，不论大企业小公司，她总是热情接待，耐心聆听，仔细解答，就这样她手头的公文批不了几页就会被打断，加班加点成了家常便饭。在她的带领下，我们的办事窗口让越来越多的企业感受到了政府服务的温度。

什么是“减”，“减”就是拆路障，减少企业发展成本。

这句话知易行难，就拿刚才“微宝账”的设立过程来说，路障是客观存在的政策要求，而路标得我们想方设法自己寻找，而且还经常得指引企业一路走下去。

在之前的工作中，时常有企业向徐老师反映，对于企业经营的限制能否进一步解除，特别是有些许可事项，能不能进一步取消，以缩短企业开展正常经营的过程。为此，在推动“证照分离”改革的过程中，徐老师再一次全力参与其中。特别是涉及“六个双”改革的推进中企业注册登记的“双告知”工作，在改革举措刚落地的时候，徐老师第一时间组织企业及中介机构培训，对于已经取消、审批改备案的事项，重点向企业做介绍，将改革举措第一时间告知企业。

浦东是改革开放的热土，更是创新创业的热土。面对各种各样的企业需求，热土的印象就是在徐老师坚持“不设路障设路标”的一次次具体实践中形成的。在处理疑难复杂问题的过程中，徐老师时常要求我们设身处地、换位思考，务必在法律框架内穷尽办法，帮助企业找到解决问题的出路。

什么是“乘”，“乘”就是拓展服务空间、放大服务效应，让企业“乘风破浪”。

2017年下半年，浦东开始推行“单窗通办”，我们也从原先的一线受理窗口转移到后台。

徐老师提出，我们虽然离开了1平方米的一线窗口，但是服务面一下延展到了浦东1210平方公里。在这幅挂在工作室的地图上，浦东大大小小的园区、街镇企业服务中心、孵化器平台、行业协会，都成了我们的工作平台，我们必须腾出更多的时间和精力，到企业中间，了解企业需求的同时，更好地服务企业。

在工作室的一年多时间里，我和其他小伙伴们在徐敏老师的带领下，调研企业500余户，开展座谈会30余次，联系走访近30户孵化器

企业。我们服务的形式从以往坐在窗口前的一对一、面对面，拓展到现在灵活多样的点对面、线下到线上，服务空间更广；服务的内容也从注册许可，逐步扩大到市场监管的其他领域，为企业送上了全生命周期的指导服务。与此同时，通过走访调研，我们形成了两个调研课题成果，为我们局支持企业发展提出了不少有价值的意见和建议。在不断的历练中，大家都感觉到自己更成熟了，对自己的工作也有了更深的理解。这一切还得归功于徐敏老师。

什么是“除”，“除”就是消除企业注册中的繁文缛节，排除创业者的艰难困苦。

徐老师常说自己爱琢磨，有时候她都觉得自己的想法有些“天马行空”，但这些看似“天马行空”的想法，往往正是她多年脚踏实地坚守与钻研的厚积薄发，促使她能在工作中解决一个又一个难题，不断为改革提供来自一线的经验。

2017 年起，部分场地涉及改造，落户这些地方的企业来办注册，要提交复杂的场地材料，令企业叫苦不迭。徐老师再一次抓住了问题的关键，提出了“实地备案”制度，用除法找到了一大批企业注册资料的“最大公约数”，事先对共性的场地及相关材料进行审核，企业只要带着场地租赁协议就行了。

2019 年初，不法分子冒用身份证，“被股东”、“被法人”的问题为社会所关注，区委、区政府领导高度重视，要求在持续优化营商环境的过程中，解决此类问题。对此，徐老师很快就有了新的想法：如果能实

时将身份证信息与公安局的数据库进行比对，就能从源头上杜绝这一现象了。于是她带着我们赶紧联系企业服务中心，很快实现了身份证远程认证，又一项新举措就此施行。它不仅杜绝了隐患，还为企业注册材料审核提供了便利，有效维护浦东的市场秩序，也是对优质合法的企业的一种保护。该项举措也得到了区委、区政府领导的肯定，并要求以制度化形式推广。

这就是徐老师的“加、减、乘、除”工作法。

徐老师对我们说：“让我们发出的每一张执照都不再是冷冰冰的一张纸，而是充满热度、厚度、亮度的累累创新成果。”这句话成为我们工作室全体成员的一份“初心”，这一张张营业执照，就是我们书写的注册窗口“开卷考”的答卷，更是我们填写的人生这场大考的答卷。

主持人：蔡燕

我手中这本书页泛黄的《新华字典》伴随了徐敏很多年，是她的随身工具，为企业取名，本不是她的本职工作，但是为了让企业少跑路，她总是在这里翻找着最适合的字眼。

蔡：徐老师，我看到字典中有不少您圈圈点点的地方，是您找的适用于企业的好字吧？

徐：是的，中国人讲究取名的意蕴，响亮吉利的字号意味着一个好彩头。但不少企业在注册时遇到了重名问题，只能另起名称，这时如果让他们回去重新起名，势必要多跑几次窗口。所以我会找一些有意思的字眼，推荐给他们。

蔡：请您为我们举个事例吧。

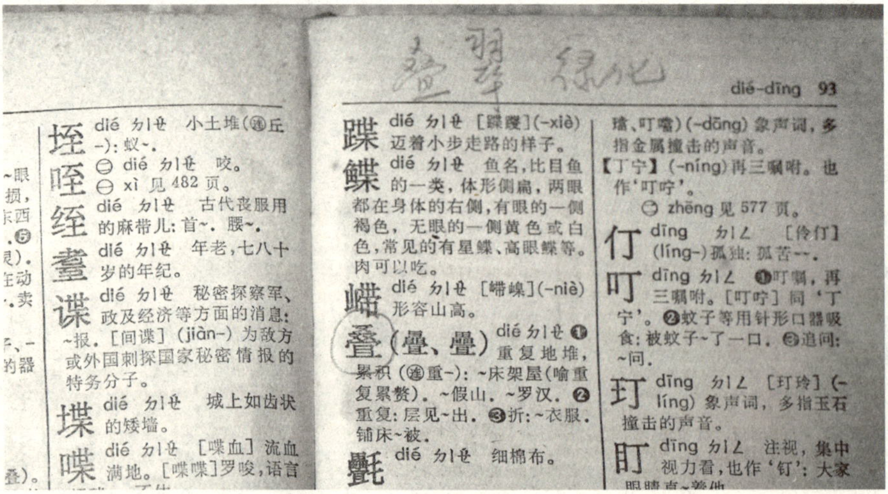

dié-dīng 93

垤 dié ㄉㄧㄝˊ 小土堆(㊃丘-)：蚁~.

咥 ㊀ dié ㄉㄧㄝˊ 咬。㊁ xì 见482页。

绖 dié ㄉㄧㄝˊ 古代丧服用的麻带儿：首~. 腰~.

耋 dié ㄉㄧㄝˊ 年老，七八十岁的年纪。

谍 dié ㄉㄧㄝˊ 秘密探察军、政及经济等方面的消息：~报. [间谍](jiàn-)为敌方或外国刺探国家秘密情报的特务分子。

堞 dié ㄉㄧㄝˊ 城上如齿状的矮墙。

喋 dié ㄉㄧㄝˊ [喋血]流血满地。[喋喋]罗唆，语言

蹀 dié ㄉㄧㄝˊ [蹀躞](-xiè)迈着小步走路的样子。

鲽 dié ㄉㄧㄝˊ 鱼名，比目鱼的一类，体形侧扁，两眼都在身体的右侧，有眼的一侧褐色，无眼的一侧黄色或白色，常见的有星鲽、高眼鲽等。肉可以吃。

嵽 dié ㄉㄧㄝˊ [嵽嵲](-niè)形容山高。

叠(疊、疉) dié ㄉㄧㄝˊ ❶重复地堆，累积(㊃重-)：~床架屋(喻重复累赘). ~假山. ~罗汉. ❷重复：层见~出. ❸折：~衣服. 铺床~被.

氎 dié ㄉㄧㄝˊ 细棉布。

珰、叮当)(-dāng)象声词，多指金属撞击的声音。

【丁宁】(-níng)再三嘱咐。也作'叮咛'。

㊁ zhēng 见577页。

仃 dīng ㄉㄧㄥ [伶仃](líng-)孤独：孤苦~~.

叮 dīng ㄉㄧㄥ ❶叮嘱，再三嘱咐。[叮咛]同'丁宁'。❷蚊子等用针形口器吸食：被蚊子~了一口. ❸追问：~问.

玎 dīng ㄉㄧㄥ [玎玲](-líng)象声词，多指玉石撞击的声音。

盯 dīng ㄉㄧㄥ 注视，集中视力看，也作'钉'：大家

徐：有一家绿化企业，注册时选用的名字都未通过，他们意向的名字中有个翠，我在字典中找了这个“叠”字，一般企业用得比较少，而层岚叠翠的意思，也很贴合绿化单位，一下子就注册成功了。

蔡：我知道这本字典只是您工作中的一个小侧面。下面，让我们听一听徐敏本人讲述的浦东注册窗口的故事。

浦东新区市场监管局注册许可分局党总支副书记　徐敏

在平凡中追求卓越　在热土上改革创新

大家好，我是徐敏。来自浦东新区市场监管局注册许可分局，是企业注册窗口的一名普通公务员。

6月25日，我获得中组部、中宣部组织的第九届全国“人民满意的公务员”称号，与获奖代表们一起，受到了习近平总书记等国家领导人的亲切接见。在总书记与我握手的时候，我激动地说：“总书记好！我是上海浦东的！”总书记和蔼地对我说：“哦，你是上海浦东的！”眼神里满含着亲切和鼓励！这是对基层公务员的关怀，更是对上海、对浦东的鼓励！

表彰大会后，我感觉似乎受到了广泛关注。我在人民大会堂的发言，引起了很多的共鸣，与中央领导合影时的站位，也让很多人惊叹不已，有人开玩笑说我一下子成了“网红”。但我深知，这所有的一切，都是在于上海在贯彻新发展理念中的突出贡献，在于浦东开发开放的重大意义，在于自贸试验区的国家战略。

说起我的工作，其实很普通，就是接待每一位来浦东投资的申请人，为他们提供咨询、告知办理流程、受理审核申请案，办出一张张营业执照。这份工作我一干就是26年！有人会说：你的工作每天都差不多嘛，会不会觉得无聊？我却觉得乐在其中，甚至觉得“意义非凡”。

因为这个窗口，是感受改革创新热潮最近的地方，也是最先体会市场经济发展的方寸之处。我一直觉得自己很幸运，在这片可以赋予每个人无限可能的时代大潮中，成为了一朵小小的浪花，而且用现在网红语来说——是那一朵最赶上趟的浪花！

所以我今天站在这里，想要和大家分享的第一个感悟是，感恩！我感恩我的窗口岗位，和支撑这个岗位的充满激情的坚强团队；我感恩浦东，生我养我的家乡的飞速变化带给我的无比震撼；我更感恩这个时代，给了小小的我和大大的时代巨轮同频共振的一个机会！

1990年4月18日，党中央、国务院宣布开发开放浦东，浦东的历史自此掀开了新的一页。作为土生土长的浦东女儿，我也在不久后，加入了当时的浦东新区工商局。

第一次坐在注册窗口前，我有些紧张忐忑，但很快，就被扑面而来的创业热潮震撼了，一波又一波的人们来到这里，或是申请开办企业、或是前来变更增资，他们的脸上，明明白白地写着踌躇满志，他们匆忙奔走的脚步里，清楚无误地诉说着要在浦东“大展拳脚”。

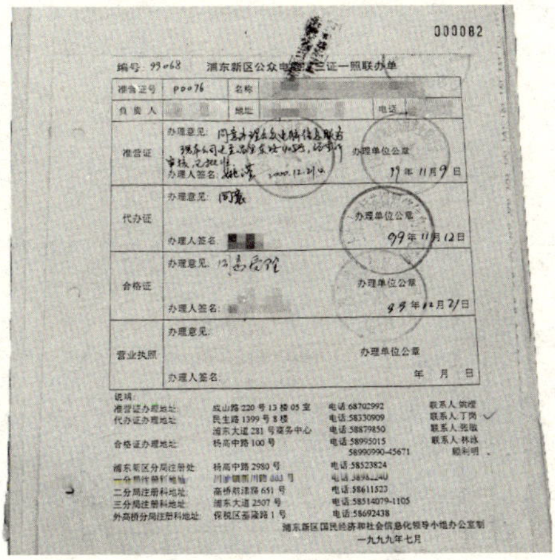

000082

编号：99068　浦东新区公众电[illegible]二证一照联办单

准营证号	P0076	名称	[illegible]		
负责人	[illegible]	地址	[illegible]	电话	[illegible]
准营证	办理意见：[illegible] 办理人签名：[illegible] 2000.12.21		办理单位公章 99年11月9日		
代办证	办理意见：同意 办理人签名：[illegible]		办理单位公章 99年11月12日		
合格证	办理意见：[illegible] 办理人签名：[illegible]		办理单位公章 99年12月21日		
营业执照	办理意见： 办理人签名：		办理单位公章 年　月　日		

说明：

准营证办理地址：	成山路220号13楼05室	电话：68702992	联系人：[illegible]
代办证办理地址：	民生路1399号8楼	电话：58330909	联系人：丁岗
	浦东大道281号商务中心	电话：58879850	联系人：张敏
合格证办理地址：	杨高中路100号	电话：58995015 58990990-45671	联系人：林泳 顾利明
浦东新区分局注册处：	杨高中路2980号	电话：58523824	
一分局注册科地址：	[illegible]	电话：[illegible]	
二分局注册科地址：	高桥航津路651号	电话：58611523	
三分局注册科地址：	浦东大道2507号	电话：58514079-1105	
外高桥分局注册科地址：	保税区基隆路1号	电话：58692438	

浦东新区国民经济和社会信息化领导小组办公室制

一九九九年七月

那个时候，我们的受理窗口很小，1平方米也不到，我却深深感受到了浦东开发开放对外界释放出的强大吸引力。我在心里暗暗告诉自己：我也要干出点名堂来！

当时一切都刚刚起步，很多事情还在摸索阶段，申请企业登记条件十分严格，我们的工作就像是“守门员”，常说的一句话是“要把好市场准入这道关”。当时企业拿到一张营业执照之前，有时要先走上十几甚至几十个部门，盖章、办许可证，还有不少由于政策不熟等各种原因会遇到“难产”，办不出执照。

我这个人平时比较爱琢磨，我问自己，我们的工作是不是可以更主动一点？能不能让企业办照多一点顺利少一点“难产”？

于是在工作之余，我开始做一份额外的功课，每当遇到有企业办不出执照，我就会去找原因、查阅资料、请示领导、请教上级业务部门、咨询相关单位，然后归纳总结最有效的解决方案。渐渐地，我的小本子上开始有了针对更多疑难杂症的“药方”，找我咨询的人也多了起来，似乎开起了“专家门诊”。

注册窗口是感受企业需求、直面市场冷暖的一线岗位，更需要我们充分发挥主观能动性，开动脑筋，摸索经验，完善办法，从原本政策的执行者，变成改革的探路人。

随着企业申办量的大幅增加，我们听到了越来越多的需求呼声：《公司法》规定的最低注册资本、一些行业规定的最少注册资本额太高了，增加了企业的负担，限制了企业的发展……

如何运用浦东综合配套改革试点区的政策优势，降低企业商务成本，让他们轻装入市？2005年在领导的带领下，我们积极探索一系列全新的改革举措——其中“注册资本分缴制”，是当时最有影响力的政策之一。这项政策不仅让广大民营企业大大得益，也让众多的国有大企业从中受益。

记得那一年，上海盛东国际集装箱码头有限公司要成立，注册资本高达50亿元。按照当时的《公司法》规定，这笔资金必须一次实缴到位。50亿元即使对大型国有企业也是笔非常大的资金量，而且通过验资等一系列程序，资金搁置时间长。但发展机遇不等人，我第一时间向企业宣传了我们刚刚试点的注册资本分缴新政，按照新政，企业首期只需缴付总注册资本30%的资金。我全程辅导服务了盛东的登记。企业既加快了设立登记时间，又有了发展生产的资金。盛东成立后的第二年正赶上洋山深水港开发建设，公司就此扬帆起航，成为上海打造国际航运中心的一员“猛将”，而我们试点的“注册资本分缴制”也被新修订的《公司法》吸纳。

是的，在浦东，我们一直行进在探索的路上，我们必须不断地创新。创新，也是我想和大家分享的第二个感悟。

时间来到2013年，十八届三中全会的召开，使浦东的发展又进入了新的征程。作为国家战略的中国首个自由贸易试验区——中国（上海）自由贸易试验区正式成立。与自贸区建设同步，浦东在上海率先启动了市场监管体制改革，于2014年1月1日正式成立浦东市场监管局。商事制度改革也在此时走上了历史的快车道，自贸试验区一成立就推出了注册资本认缴制改革。

2014年3月《公司法》再一次修改，注册资本认缴制被全面吸纳。“双创”战略更激发了创新、创业的热情，一时间，注册窗口增加了三倍以上的申请量。

我算了算自己的工作量，每天受理咨询、审核超过80余户次，许多时候一天需要审核的申请案堆积起来比我的办公桌还要高。我的同事们更辛苦，日均接待量4000人次，受理量达到1500人次。这么大的工作量，我的同事们却从不抱怨，他们以极大的热情克服种种困难，全身心投入到全新的工作之中。

工作这么多年，我的笔记本换了一本又一本，但最近五年，随着商事制度改革的强劲推进，我却发现记在我笔记本上的东西越来越不一样，笔记本的更换频率也降低了。

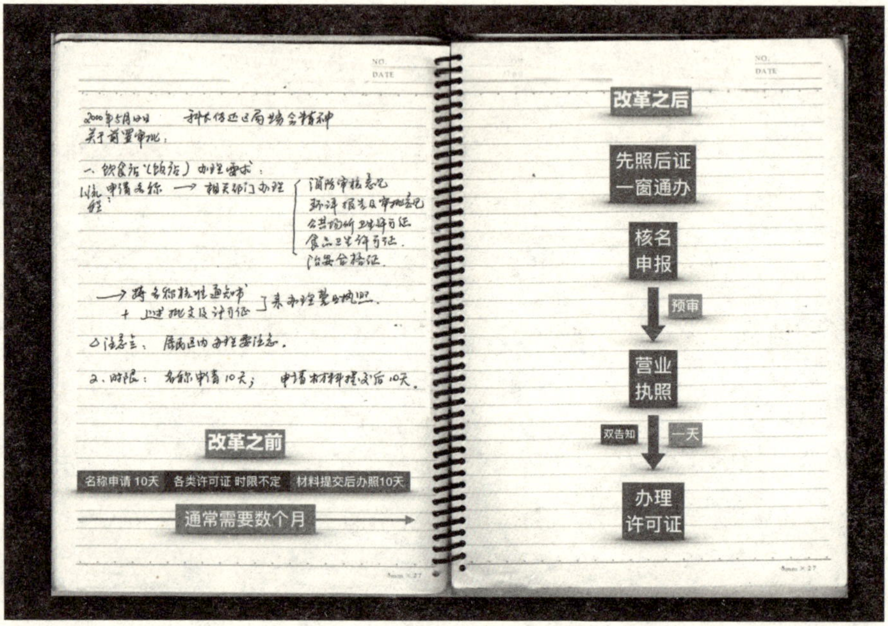

以前，我的笔记本上记着各种政策条文和法律法规，还有遇到各种问题的解决方案，满满当当的，不时作着更改，而且用不了多久就要换。但现在，自贸区建设负面清单的推出，证照分离改革的试点，一网通办的启动，都使得我的笔记本上需要记的临时性政策条文越来越少了，而多的，是我们深入企业调研，了解他们需求后量身定制的服务内容，是以可复制可推广为目标的商事制度改革、先试先行政策的灵感和素材。

位于张江的“（海脉德）医创空间”是一个企业孵化器，2015 年 7 月他们正式开业。来窗口申请登记的一家初创企业注册申请表中一个奇怪的表述引起了我们的注意：“工位”。上门调研后我又开始琢磨，浦东尤其是张江拥有许多这样的孵化器，为科技创业企业提供着孵化服务。能不能将“工位”作为孵化器内企业的注册地登记，减少初创企业的发展成本？说干就干，我带队与管理方、初创企业座谈，开展可行性方案研究，并多次向分局领导和市级业务部门汇报。最终，我们浦东市场监管局再次拿出先试先行的魄力，在张江试点“工位登记”。从此，“工位登记”的做法在浦东逐渐铺开。

在国家总局、市局的大力支持下，在区委、区政府的坚强领导下，我所在的浦东市场监管局，五年来先后推出了证照分离、简易注销、一照多址、互联网加信用监管等放管服改革创新举措 120 多项，其中 88% 已形成各个层面的制度文件，近 50% 已在全市乃至全国复制、推广。

改革一直在进行，我们也从未停下脚步。我们市场监管人，有着自己的坚持，在平凡的工作中保持不忘初心、严谨务实的精神状态；我们有担当，时刻铭记我们肩负的责任和使命；我们有追求，精益求精，不

断超越、追逐梦想、永不止步。

我想和大家分享的第三个感悟，就是逐梦，用服务营造更好的营商环境。

什么是更好的营商环境？我尝试给出的答案是：服务、服务、再服务。

一次，我听说三林镇企业服务中心正在吸引百安居投资落户，这可是一家产值上亿的大企业，对地处城乡接合部的三林镇的发展至关重要。我马上协调相关部门，开通企业登记的绿色通道，安排专人受理审核，进行提前介入、全程服务。

这一系列做法令百安居从申请受理到拿到营业执照，只花了一天时间。而针对百安居的服务方式，后来被作为注册许可分局的“保姆式服务”样本，形成了我们一套深入服务重点产业企业的标准流程。

有求必应、无事不扰，这是市委市政府、区委区政府主要领导经常提及的金牌店小二精神。落实到我自己的岗位上，就是上门听需求、精准提方案、服务全流程。最近这一年多来，我带领2018年成立的“徐敏创新服务工作室”的10位小伙伴，走访企业、深入调研，为浦东营商环境优化问诊把脉。我们投入更多时间和精力去学习，不断提升业务水平，只为更准确贯彻落实各项新政，帮助市场主体解决各种疑难问题，更好地让改革举措精准落地。

现在，走进浦东企业服务中心，窗口坐着的是“一网通办”的统一工作人员，我和小伙伴们的工作地点，也从小小的注册窗口后移，成为了为窗口提供强大支撑的服务后台。浦东的投资环境怎么样，四方客商是否乐于云集，窗口服务很关键，更关键的是，我们在后台能否提供快速、便利、精准的服务，真正让企业办事便捷高效。

这些年，小到小微企业开办，大到国企注册落地，经我的手都办了不少。如今走在浦东的街头，看到一些企业的招牌时，我常常会情不自禁地露出微笑，就像看见自己接生的孩子那样亲切。回想过去的 20 多年，从浦东吹响开发开放的号角，到现在深化自贸试验区建设，市场营商环境越来越好，服务对象的满意度越来越高，而我恰在浦东，这个改革开放潮头之地与时代同频共振。

习近平总书记说："伟大梦想不是等得来、喊得来的，而是拼出来、干出来的。"我深深感到，置身这个伟大的时代，是我最大的幸运。没有改革开放的时代大舞台，我们什么都干不成。我愿继续植根于浦东这块改革创新的热土，如水滴、如浪花、如小河涌入改革发展的大潮，在"小窗口"真情服务好每一家企业、每一名群众，守护梦想、助力飞翔！

谢谢大家！

主持人：蔡燕

把每一件简单的事做好就是不简单，把每一件平凡的事做好就是不平凡。徐敏，没有什么轰轰烈烈的事迹、也没有什么惊心动魄的故事、更没有什么气贯长虹的壮举，她只是在自己的岗位上兢兢业业、勤奋工作、无私奉献。不久前，她以一个共产党员的责任与担当，不忘初心，牢记使命，获得公务员奖励的最高荣誉：全国“人民满意的公务员”称号，她再次用平凡谱写了不平凡。

徐敏是忙碌的，她和千千万万改革创新者一道，见证着上海永不停歇的奋进脚步；徐敏是幸运的，她和千千万万改革创新者一道，在潮涌的浦江两岸，挥洒改革开放再出发的豪情；徐敏又是幸福的，她和千千万万改革创新者一道，用踏踏实实的工作诠释着上海干部的精神特质：充满激情、富于创造、勇于担当。

改革开放只有进行时，没有完成时，我们和徐敏一样，都是奋斗者，都是追梦人！

服务篇 SEERVICE

她是浦东营商环境的代表

潘晓萍 / 讲述

企业选择哪里落户，最看重的是这个地方的地理优势、经济地位和营商环境。而工商注册窗口的工作人员，代表了当地的营商环境。

我是“南方水泥”行政事务总经理潘晓萍，无论是我还是我的同

事，在与徐敏接触过程中，都在她身上感受到了“浦东速度”和营商环境。

2007年，作为国企改革的一项试点，中国建材集团有限公司决定成立“南方水泥”，整合苏浙沪和江西、湖南、福建、安徽六省一市的大小水泥厂。

对于我们的总部落户浦东的原因，中国建材集团有限公司董事长、党委书记宋志平曾这样解释：一是南方水泥的企业分布在江浙沪和江西、湖南、福建、安徽等六省一市，把总部设在任何一省都不太合适，而放在上海直辖市有大区域概念。二是像交通银行、浦发银行等很多银行总部都设在上海，融资比较便利。

8月初，企业筹建组来到浦东企业服务中心工商注册窗口咨询，负责接待的就是徐敏。她不仅详细地介绍了注册需要的材料，还根据我们的需求推荐了几处浦东高端办公楼。徐敏的认真、严谨、热情，让筹建组感受到了浦东政府部门对企业真诚、优质的服务。

这之后，筹建组又对几处浦东高端办公楼进行了考察。然而，让大家满意的办公楼不是满租的状态、就是挑选不到合适的楼层，但其实我们是想要留在浦东发展的。最后，在陆家嘴地区租了一层楼面，作为办公地点。

在注册环节，企业不仅享受到了“绿色通道”的便捷，还有徐敏给予的细致指导和服务。“她真正从我们企业的需求出发，把一条一条相关政策都讲解得非常清楚，而且还会把注册时所需要的材料都一一罗列清楚，好让我们尽量一次就把事情办好。这些暖心的小细节让我们对浦东有一种归属感。”筹建组成员给我们讲述他们的回忆。

9月20日，南方水泥正式在浦东注册成立，并在26日举行成立大会。当时，时任上海市委书记习近平在发来的贺信中写道：祝愿南方水泥有限公司早日实现战略整合的既定目标，为国有企业的改革发展不断探索新路，为促进区域合作、联动发展作出更大贡献。

从浦东出发，南方水泥满怀雄心壮志。不到12年的时间，我们实现了水泥产能1.6亿吨、商混产能2亿立方米、总资产超过900亿元、成员企业超过300家的成绩，已是国内最大的水泥公司。

作为供给侧改革的“领头羊”，南方水泥成立后，大力推动产业结构优化升级，化解过剩产能，依靠科技创新驱动，改善供给扩大需求，解决供需错配矛盾。随着改革的推进，公司工商变更事项也较多。

于是，企业的办事人员成了浦东企业注册窗口的“常客”。

让我最为钦佩徐敏的就是她的专业精神。我常常觉得，她比我这个学法律的还精通公司法，遇到任何问题都难不倒。

比如，在公司股权变更中就遇到了难题。南方水泥股东人数较多，且都在外地甚至国外，股东会决议文件的形成需要很长的时间。但是，按照工商注册流程，公司股东变更必须要这份文件。

我把遇到的这些烦恼心事，说给了徐敏听，想请她想想办法来解决。

后来，徐敏仔细问清楚了南方水泥股东情况，又查看了股权转让协议书，发现公司章程有明确约定“大股东有权获得优先转让权”。这个条款意味着，如果小股东把股权转让给大股东，双方签字同意，股权转让合同在法律上就生效了。

但是我们到其他省市的注册窗口申请股权变更，都需要这份股东会决议文件。

“浦东一直先行先试，这个问题或许能解决。”当时徐敏安慰我道。

经过浦东新区市场监管局的研究讨论认为，像我们企业这样的情况，可以凭股权转让书在浦东窗口进行股权变更申请。去她办公的地方找她咨询的时候，看到她办公桌上堆满了厚厚的资料，她的专业水平绝不是一蹴而就的，在每一次顺利解决企业难题的背后，是她日日夜夜的学习和钻研。

徐敏的暖心服务，既让与她打过交道的企业办事人员感受到了温度，也赢得了企业的更多信任。

有一次，我们要到窗口进行一项工商变更。但是，需要当场签字的一位股东，因为飞机晚点迟迟未到。

眼看着天要黑了，快到窗口下班时间了，我便给徐敏打电话说：“能不能再等等，我们这位股东今天特意赶来，明天还要飞往外地。”

“你放心，我们一定会等他来，办完事情再下班。”徐敏的话，让我心定了。

当那位股东抵达窗口时，已经是下午 6 点 30 分了。空荡荡的大厅里，注册窗口还亮着灯，工作人员依然在忙碌着。几分钟后，工商变更申请完成了。这位股东也不由赞叹：浦东政府服务真是为企业着想！

我们的同事，南方水泥部门高级经理张彩霞，对徐敏的“好记性”也钦佩不已。

让她印象最深的，是第一次见到徐敏时的场景。“我们之前曾通过几次电话，她一直亲切地叫我‘彩霞’。没想到，素未谋面，第一次见面她居然听着声音，就叫出了我的名字。”

“每天到注册窗口办事的人有那么多，徐敏都能一一记住。甚至还能把工作人员和公司都对上号，这是特别了不起的事情，能看出她对这份工作的热爱。”张彩霞告诉我，“这样暖心的服务，一下子就拉近了企业办事人员和窗口工作人员的距离，即便窗口不能解决你的问题，你的心态也会先放平和了，更不会去争吵。”

我和徐敏，更是在一次次业务往来的过程中成了老朋友。徐敏有一种亲和力，见过她的人都会立即喜欢上她。有时候，我遇到问题在微信上给她留言，如果当下她没有回复一定是在忙没看到，过一会儿我准能收到她的留言或电话。随着交往越来越多，我们从工作关系进展到朋友关系，不见面的时候就会隔空“喊话”，关心彼此的近况。

2018 年，借着“央企总部基地”落户世博园区的契机，中国建材大厦在这里落成，中国建材集团有限公司主要核心业务板块公司南方水泥，就入驻了这幢新办公楼，正式将“大本营”安在了浦东。

她是我们的创业导师

翟靖波 / 讲述

衍禧堂是一家扎根张江、专注于生物医药行业的老牌孵化器。从2008年成立至今，许多创新项目在此实现转化与孵化，许多生物医药

与医疗器械的中小企业迅速成长为医药产业的巨头。

作为衍禧堂总经理，用心服务企业，是我做孵化器的准则，这也是徐敏窗口工作多年秉承的理念。在徐敏身上，我学到了服务企业的许多方法，更明白了：创业这事，需要仰望星空，更要脚踏实地。

对于许多初创企业来说，需要资金、人才，更需要创业指导。而我们幸运地遇到了一位“创业导师”——徐敏。因为她及其团队的帮助，我们孵化的企业才能顺利注册成立，衍禧堂的服务能力也不断得到提升。

2017 年 5 月 26 日，衍禧堂投资设立的“HiMed 医创空间”正式开业。

HiMed 医创空间是一个医疗的工厂加速器，总面积达 900 平方米，兼具办公、商务、研发等多种用途。其开创了全新的孵化模式——“工位 + 创业导师 + 种子基金 + 天使基金”，连接资本、大企业与中小初创企业，共同孵化医疗早期项目，助力初创企业迅速成长。

不需要租赁多大的办公场地，只要租几个工位，就能注册成立公司——这让初创企业大大降低了创业成本。然而，企业最初申请注册时却遭到了拒绝。

一家初创企业在浦东企业服务中心申请注册公司时，窗口工作人员发现，申请表上的“住所”最近频繁出现，而且表述也并不清楚。不过，窗口人员并没有简单地说“NO”，而是告知“将进一步核实情况”，并向分管领导徐敏作了汇报。

几天后，徐敏率队来到“HiMed 医创空间”。当她看到一个个工位时，才明白为什么多个公司申请注册表中会出现同一个“住所”。

“工位登记，企业注册中从无先例。”徐敏告诉我，她对企业的创新做法表示理解，但是要向注册许可分局分管领导汇报，并对这种情况调研后作专题研究。

那段时间，她多次带队到“HiMed 医创空间”调研，与管理方、初创企业座谈，开展可行性研究，并多次向市级审批部门汇报。最终，浦东新区市场监督管理局先行先试，为“HiMed 医创空间”特事特办，通过了“工位登记”这一创新做法。

对于工位登记的形式，徐敏没有简单地说“NO”，而是想方设法地帮助企业解决问题，最终促成这一全国首创的注册方案落地，让我们感受到了她的专业精神。

说到“HiMed 医创空间”的创立，是源于一个医疗创业者社群——HiMed 医创社区。

这个社群，于 2014 年 4 月由 30 多位热衷于医疗创新与创业人士发起，最初是医创者交流沟通的沙龙。大家在交流中越来越感到，需要一个这样的平台，能够对医疗初创项目孵化、转化并提供天使投资。

办公的工位有了，创业导师也有了，就差资金投入了。为了吸引更多风投，我们决定建立一家天使基金，为初创的生物医药企业输送“血液”。

然而，这家天使基金的注册申请过程，却是一波三折。

基金公司在注册时，三次申请都被驳回了。当时注册窗口的解释是：名称与已经注册的公司相似。当时我们对这个公司的定位为“天使投资”，最初觉得“天使”最合适，没想到注册没被通过。后来，又想了好几个名称，都被别的公司抢先注册了。最后，我们已经实在想不出注册什么名称了。

听说徐敏身边常备一本《新华字典》，经常帮企业起名字，我就找她求助。

徐敏了解情况后，告诉我们：“所谓天使基金，就是专门投资于企业种子期、初创期的一种风险投资。它为萌生中的中小企业提供‘种子资金’，帮助其快速成长起来。现在，以这个名字来命名的企业有很多，相似度较高。不过，根据企业性质，这个名字可以保留的，但要在‘天使基金’前面加上名字来作区分。”

就这样，在她的建议下，“HiMed 生物医药天使基金”第四次注册申请通过，于 2015 年 9 月 23 日正式成立。这是上海首个以机构运作的生物医疗专业天使基金，也是对 HiMed 苗圃、HiMed 沙龙、创业导师模式的实质性补充，给孵化器及产业化期的项目以有力助推。尽管这次基金公司注册过程颇为曲折，幸好徐敏给了我们专业上的指导和有温度的上乘服务。她就像是所有创业者创业路上的一位导师，跟着她，没什么事情是解决不了的！

在安永会计事务所做企业咨询工作多年，我或许已经成为不少创业者的“创业导师”；但在我心里，徐敏更是“导师”的“导师”。我擅长于为企业提供战略决策服务，但其他许多方面就是“外行”了。幸好，有许多像徐敏这样的“导师”，帮我们解决了许多难题。衍禧堂成立至今，拥有三个创新基地、一个医创空间，分别位于上海国际医学园区，张江东区现代医疗器械园以及张江中区，总孵化面积达 2 万平方米，现有企业近 100 家，服务辐射单位达到 300 多家。

企业数量增加，各种服务需求也不断增加。比如，在企业登记注册这一领域，我遇到问题，都会先找徐敏咨询。我们每年都有许多企业要登记注册成立，往往会遇到各种各样的问题。不管企业提出什么难题，徐敏都会耐心地解答，想尽办法解决。往往我们还没考虑到的问题，她都会提前帮我们想到，而且考虑得十分周到。

除了随时答疑解惑外，徐敏还将服务主动送到企业之中。

2019 年春节过后，徐敏带着“徐敏创新工作室”的伙伴们，到衍禧堂内进行调研。座谈会上，各小微企业代表踊跃发言，反映海外高层次人才投资设立内资企业、外商投资负面清单等问题。

当天，徐敏针对不同问题进行了详细解答，并着重解读了支持持永久居留身份证外籍高层次人才创办科技型企业、深化自贸区内企业“一照多址”改革①、实施企业登记“1+1+2”办理模式②等多项政策，对每家企业遇到的不同难题出谋划策，为企业提供市场准入“个性化工作

---

① “一照多址”是指一张营业执照可以拥有多个经营场所，每个经营场所都有与之对应的营业执照副本。

② “1+1+2”办理模式：第一个“1”是指企业变更登记类事项 1 日内当场办结；第二个“1”是使用可选用名称的企业设立登记 1 日内当场办结；“2”是指使用非可选用名称的企业设立登记 2 日内办结。

建议”。

座谈会结束后，各小微企业负责人还意犹未尽，对徐敏和她工作室伙伴们带来的专业讲解和细致的服务表示感谢。一家企业代表表示，上海尤其是浦东的营商环境在全国来看已经十分出色，经过此次座谈，更加感受到了浦东改革的力度以及服务的温度。

最懂我们的人，是她

康峰 / 讲述

“千万人撩你，不如一人懂你。”这句话在互联网圈“翻译”一下，就是“真正地了解用户，才能得到用户”。这是我们公司开发软件、服务用户的原则。

如果说，我们最懂客户的需求；那么，最懂我们需求的，就是徐敏。

我是上海二三四五网络控股集团监事会主席康峰。我们集团坐落于张江，经过 14 年深耕互联网，成为行业标杆企业，并获得“中国互联网 100 强”第 16 名、上海浦东总部经济“十大经典样本奖”“上海市科技小巨人企业”等诸多荣誉。

多年来，我在为子公司注册、变更经营范围等事项跑注册窗口时结识了徐敏。我最佩服的是，她对工作始终兢兢业业，对来窗口办事的企业总是想办法为其解决困难。

要说让我至今印象最深刻的，还是第一次在窗口遇到徐敏的时候。

2014 年 9 月 30 日，上海二三四五网络科技有限公司和一家原名为“海隆软件”的上市公司完成并购重组，想共同成立一家金融公司来进行融资。最初，子公司取名为“上海二三四五海隆金融信息服务有限公司”。

当时，浦东新区市场监督管理局注册许可分局窗口接待的工作人员就是徐敏。她认真审阅了所有的申报材料，发现里面少了一张“海隆软件”同意使用公司名称的授权书。

那时，徐敏耐心地向我解释说：“上海二三四五海隆金融科技有限公司的名称中，包含了两家公司的名称：‘二三四五’和‘海隆’。两家公司必须都要出具授权书，否则按相关规定新公司无法通过预核名。”

政策解释清楚后，徐敏还仔细地告知我授权书的格式怎么写、下次来申办时要带哪些材料等事项。

以前我们企业规模小，没有请专门法律顾问来做子公司注册等事情。办事人员因为对政策不熟悉、材料准备不全，往往要来回跑几趟。有了徐敏的温馨提示，那次我们子公司注册一周时间就完成了，也因此尽快运作起来。2018 年这家公司年纳税已过亿元。

工作在窗口，其实很多工作内容在窗口之外。徐敏很细心，总是能不断发现问题，又不断地想办法解决问题。

2017 年，我们筹建上海二三四五大数据科技有限公司，深耕大数据精准营销算法工作。在申请注册成立时，曾被注册窗口拒绝了，理由是：按照相关政策规定，“大数据”这类新业态的表述不能直接出现在企业的名称中。

“大数据”这三个字，对我们来说有着特殊的意义，因为这是我们响应国家战略作出的创新转型。我们也想过其他名称，但都无法准确表述公司的定位。

子公司名称一直没有定下来，注册成立的事情也因此拖延下来了。

转机出现在 2017 年，当时我听到一个消息：上海企业注册新政出台，部分新兴行业名称可以作为公司名称了。

但是，新政策到底对哪些行业的企业放开？哪些名称可以作为注册名？我对这些概念都不太了解，于是我带着许多疑问，找到了认识多年的“老朋友”徐敏。我们前几年因为另一家子公司注册的事情，曾请教过徐敏。这些年，只要遇到难题，我们第一个想到的就是她。她总是一如既往地热心、耐心地帮助我们。

徐敏立即详细地向我解释了新出台的《上海市新兴行业分类指导目录（2017 年版）》，她告诉我，按照新政，“上海二三四五大数据科技有限公司”可以名正言顺地注册了。

上海二三四五大数据科技有限公司注册成功后，依托 2345 网址导航和 2345 浏览器等多个渠道的海量数据优势，为用户提供了更加优质的服务，也为各合作平台提供精准用户流量。截至 2018 年底，中国排名前 100 名的网站中，有 80% 都与二三四五达成了合作。2019 年初，公司独家研发的基于用户偏好的聚合信息阅读与精准营销系统，获得 2018 年上海市产业转型升级发展专项基金。

这也是上海首家名称中含有“大数据”三个字的企业。之所以能成功注册，受益于上海市政府注册新政的落地，更得益于徐敏的耐心解读和帮助。

还有一次，我们集团公司到浦东企业服务中心申请，将子公司——上海二三四五网络科技有限公司的经营范围进行工商注册变更。在受理时，也是徐敏发现公司的“注册地”早已经发生了变化，及时提醒作相应变更。

实际上，上海二三四五网络科技有限公司采用集体注册的方式，注册在浦东的一个园区。这些年，公司从小到大，办公地点也从一处住宅楼搬迁到张江高科技园区的一幢大楼里，与原注册地少了联系。原注册地的楼层变更，企业并未得到通知，所以提交上去的材料中的“住所”一栏仍然是未变更前的地址。

在徐敏的提醒下，公司补上了“注册地变更”的申请，避免了可能因“注册地不存在”而导致的风险。

经过 14 年的发展，二三四五已经成为互联网行业的龙头企业，业务也从网址导航起步逐渐发展为目前涵盖网络科技、金融科技两大板块业务，旗下子公司更是有 20 多家。

这些年，我们公司不断壮大，每次设立子公司都要到浦东新区市场监督管理局的注册窗口。窗口工作人员的认真、耐心、专业，给我们留下了深刻的印象。特别是徐敏，不论是新政策还是老政策都能烂熟于心。尽管现在她不在窗口了，但只要有问题找她，她总是想办法解决或者给出建议。

企业迅速发展，我和同事们加班的次数也多了。每到深夜，我打开手机会发现，徐敏发在朋友圈的信息显示也在工作。这时候，我就会收起牢骚，振作精神，重新投入到工作中，心里想的是：政府公务员还在为我们加班，我们又有什么可抱怨的呢！徐敏，已经成为我们的“工作标杆”。

界龙的传奇，她也是书写者

吴国庆 / 讲述

从村办企业到改制上市，成为“中国农村第一股”，界龙集团创造了浦东传奇。我们集团董事长费钧德曾说：“如果说十一届三中全会确定的改革开放政策，让我们界龙从此飞速发展，那么 1990 年的浦东开

发开放，就像是火箭的助推器，将我们界龙送到了太空遨游，让我们在世界的大舞台展现自己的实力。”

为界龙书写传奇的人很多，其中一位就是现任浦东新区市场监督管理局注册许可分局党总支副书记的徐敏。

我现任界龙实业集团股份有限公司资产管理部主任，在亲身经历界龙成长的过程中，遇到的最麻烦的事情就是企业改制。界龙拥有20多家子公司，改制之路纷繁复杂，幸亏遇见了徐敏，企业发展变得更加顺畅，只要在政策许可范围内，她总会帮我们“排忧解难”。

我先说说界龙集团的成长经历吧。

界龙集团是浦东土生土长的民营企业，它的成长史可谓是改革开放的生动实践。1968年，当时的川沙县界龙大队在费钧德等几位骨干的带领下，创办起了小五金加工厂，并收获了第一桶金。1973年，界龙大队创办起了村办小印刷厂，当时叫“上海市川沙县黄楼人民公社界龙大队印刷组”，走上了发展工业的道路。1978年，改革开放的号角被吹响，界龙印刷厂迎来发展新机遇，企业知名度逐渐打响。

1993年，浦东新区成立。这一年，界龙迎来了新的发展机遇。10月，当时的上海市经济委员会批准企业改制为股份制公司，同年12月28日正式工商登记注册改制成立“上海界龙实业股份有限公司”，2个多月后接到上海证券交易所批准挂牌上市股票，简称“界龙实业”，开盘就从8元升到12元，赢得了“中国乡村第一股”的美誉。随着资本的注入，界龙不断发展壮大。

同样这一年，徐敏走上企业注册岗位，当时她就坐在位于川沙的浦东工商一分局注册窗口。由此，她与界龙结下了不解的“姻缘”。

2000年，浦东作出了加快农村改革的决定，计划在三五年内将浦东的数千家乡镇企业全面改制。市、区多位主要领导来界龙公司参观调研时，着重提出将继续加大国有及集体企业的改制力度，界龙也要在企业改制方面继续深化。就这样，2001年界龙开始第二轮改制，明晰产权，实现从村办企业向现代集团型企业的转变。当时界龙拥有上海外贸界龙彩印厂、界龙浦东彩印公司、界龙印刷器材有限公司、界龙房地产公司等20多家子公司，需要办理企业注册、变更等许多事项。

那时起，我开始经常跑浦东工商局，认识的第一位注册官，就是当时在企业注册一线工作的徐敏。

我还记得，当时的浦东工商局在桃林路上，徐敏就在注册窗口一线工作。当时徐敏给我的印象是业务熟，做事一丝不苟，但是又和蔼可亲，企业有难题她从不推脱。

有一次，界龙一子公司因业务拓展需要进口几台生产纸制品的设备，前期已与供应商谈妥，就在准备签约的时候，发现公司营业执照上没有“纸制品”这一表述，无法进行采购，需要去工商部门增加经营范围。我急忙来到浦东工商局办理业务，接待我的正是徐敏，因为前期已经和供应商谈妥，我提出希望加快办理。

听了前因后果后，徐敏知道这事关企业发展，应该给予支持。最终，原先需要8天办理的业务，在徐敏及同事加班加点的帮助下，提前了4天企业就完成了办理，顺利实现了采购。我十分感慨："这不仅为企业业务发展带来了便利，也让我们感受到了徐敏为企业服务的'温度'，她没有死板地按照规定来办事，而是考虑到企业的急需，在政策范围内给了我们'绿色通道'，让我们十分感动。"

随着浦东产业升级调整，界龙也不断谋求新发展。界龙的一部分老厂房计划转型为文化创意园，但是根据相关规定，"创意园"的建设需要国家相关部门的批准才能办理执照。企业只能放弃"创意园"的命名，想把界龙总部的门牌号"7111"加进公司名称，计划取名"界龙7111文化创意有限公司"，使其更有标识度及纪念意义。但第一次我去工商部门注册，因名字加入了数字影响企业查名而并未获得批准。我就想到了徐敏，徐敏翻阅相关法律法规后，了解到企业名称并未规定不能加入数字，就协调市局最终使界龙成功注册了文化创意公司。

从工商浦东分局，到工商、质监、食药监三局合并之后的浦东新区市场监管局，再到自贸区扩区之后上海自贸区市场监管局挂牌——面对这几年政府机构的整合、大规模商事登记制度改革等全新变化，我了解到徐敏在加强自身业务功底上一直狠下苦功夫。她常说："注册工作是琐碎的，很多时候都在重复干一些类似的事情，但这里是直接对外的窗口，也是市场准入的把关环节。我们要在严格依法行政的同时，为企业提供优质的服务。可以说，我们每个注册官都代表着浦东的投资环境。"

我还记得，无论何时去找徐敏，她总会热心接待，即使临近下班，她也从不推脱，徐敏的业务总是那么熟练，企业有什么难题她总会帮着解决。

如今的界龙已发展成为以包装印刷和房地产开发为主业，兼营文化创意，休闲服务和商贸等多领域的现代化集团企业，拥有 18 家子（分）公司、4000 多名员工，总资产达 50 多亿元。

界龙的成长，离不开浦东开发开放给企业带来的机遇，也离不开像徐敏一样无数为企业热心服务的注册官。

带着愁容来，一脸笑意归

骆志明 / 讲述

在我的眼中，徐敏就像一名专治疑难杂症的“老专家”，凡是找到她的都是别人无法解决的难题，而她总是不厌其烦地解答着来自各个方面的疑惑。人们是带着愁容而来，一脸笑意而归。

2015 年，我在上海农产品批发市场办公室负责市场动迁工作，因为上农批生鲜电商产业基地注册的问题认识了徐敏老师。

上农批是 1998 年投入运营，市场规划面积 500 亩，是上海市最大的综合性农产品批发市场之一，也是被商务部等 13 部委认证的全国四大绿色样板市场之一。

上农批作为农业产业化国家重点龙头企业，2018 年市场实现总交易量 160 万吨、总交易额 135 亿元。

2011 年，国家检验检疫局在市场内设立国内首家进境水果集中查验场库，从此 50 多个国家进口果品贸易商纷至沓来，每年进口水果查验量 25 万吨，约占上海进口水果量的 25%。

一方面是主流的传统农贸模式，另一方面是新兴的国际商贸往来，顺应时代发展，转型在所难免。2014 年，上农批加大业务转型步伐，打造上海首家农批市场生鲜电商孵化基地。

这个新型的电商基地首先是打造轻资产、重装备的 O2O 平台。让入驻的生鲜电商以较少的投入轻装上阵，专注线上营销。基地提供的冷库，可为入驻电商提供理货间、交割间、展示厅等。此外，基地还与顺丰速运签署了战略合作协议，后者提供配送车，可满足入驻电商的物流需求。

转型的最终目的，就是要以生鲜电商孵化基地为中心，把农产品产地、电商、经营户，以及物流、金融、营销等服务商连接起来，形成一个充满生机活力的“生态圈”。

比起综合性生鲜电商在货源以及分级标准等方面难以管控等缺陷，上农批生鲜电商孵化基地在货源和品质上有着天然优势。如果品、冷冰海鲜、猪肉、进口牛肉、羊肉、蔬菜等，均向入驻生鲜电商开放。电商所拥有的优势产品，也可在市场内设点对接。

上农批通过三方协议对交易资金进行监督，实行统一结算方式，便于对产品质量进行监督，降低生鲜农产品交易风险，降低交易成本，提高诚信度。而这样的结算模式，甚至被誉为生鲜电商领域的“支付宝”。

然而，当万事俱备之时，电商基地却差点“难产”，因为要入驻的企业迟迟等不来那最后一纸“准生证”。

一般企业注册，很快就能完成，但是上农批的电商注册已经拖延几个月都无法完成营业执照的注册。我便是在这种背景下被临危受命。

问题的症结很快找到：1998 年，上农批建成投入使用时建筑面积为 4.9 万平方米，电商基地位于批发市场 1 号楼 3 楼，总面积 3000 平方米，由原市场管理部开放式办公场地分割成一间一间电商办公场所。然而这些一直在使用的办公场地在房产证上却是不存在的，没有办公地址，电商企业就无法完成注册登记。

工商注册需要办公房屋，办公房屋却从房产证上“消失”了，这就如同无处下手的“不治之症”，我也是一筹莫展。就是在这种情况下，徐敏主动找上了门。

原来，徐敏老师在审批申请材料时细心地发现，作为传统农产品批发市场的上农批却频繁申请登记电子商务类公司，多年的注册工作经验让她敏锐地察觉到该企业很有可能在进行着某种发展转型，基于对企业认真负责的工作态度，她主动与我们联系，了解情况。

一方面是传统农贸市场转型升级的急迫，另一方面却是场地材料的不规范。了解情况后，徐敏第一时间将有关问题上报，为准确定义有关生鲜农产品电商服务等新领域业务，她多次与市局进行沟通协调，并帮我们开出了“约方”，查找上农批的施工图纸。

按照徐敏老师的指点，我带着专职律师依言“按方找药”，经过 20 天的努力，终于在浦东城建档案馆中，调出了上农批办证时上报的详细图纸。图上清晰地显示出，夹一层为二层，夹二层为三层，而后来的房产证书上仅显示了市场主大厅的一层，没有显示电商基地所在辅楼的夹层处。

徐敏老师还特别告诉我们，要将这批夹层房屋统一编号，同时不能与市场原有编号冲突。如此便新增 200 多个编号，这些编号经过徐敏一一审核确认。有了这份编号，此后企业去编号内地址注册的营业执照便一路“绿灯”。

那段时间，因为工作我多次去找徐敏沟通。我看到徐敏就像一名“老专家”，凡是找到她这里的基本都是疑难杂症，而她总是不厌其烦地解答着来自各个方面的疑惑，你能看到人们是带着愁容而来，一脸笑意而归。2019 年，上农批生鲜农产品电子商务产业基地内电商企业已有 41 家，年均采购金额可达 3 亿元左右，2016 年 8 月基地还获得浦东新区电子商务示范园区称号。

许多电商企业不知道的是，当初如果不是有徐敏帮助，他们的电商企业甚至无法完成注册。

问题解决后，我和徐敏也成了朋友，我曾约她见面吃饭，她说可以，但是必须她买单，结果好不容易一起吃个饭，徐敏老师还是悄悄抢着把单买了。还有一次是她咨询我猕猴桃的价格，要送亲戚，我就给了她5箱，结果她坚持照单付款，不能少付一分一厘，我拗不过只能照单全收。就是这两件小事，我能明显感到徐敏既廉洁自律又有情有义。

一次特殊的视频验证

王小清 / 讲述

股权变更，当事人无法到窗口，怎么完成验证？在徐敏的提议下，一个新的服务方式——视频连线验证，在浦东新区市场监督管理局注册

许可分局率先施行。

我是透景生命董事会秘书王小清，2003 年，透景生命在张江高科技园区成立。这是一家体外诊断试剂厂商，主要从事体外诊断试剂产品研发、生产和推广，主要技术是流式荧光技术，产品涉及肿瘤筛查、肿瘤辅助诊断、肿瘤个性化用药及肿瘤预后等领域。

经过多年努力，透景生命进入快速发展阶段，在肿瘤检测、宫颈癌筛查、男性不育和优生优育等多个领域推出了众多系列创新性产品，已成为国内乃至国际上肿瘤标志物和 HPV 检测领域中检测项目最为齐全、技术最为领先的公司之一，连续两年获得张江高科技园区自主创新奖，并获得浦东新区科技进步一等奖、上海市科技进步三等奖等荣誉。

2007 年，透景生命取得第一个医疗器械注册证书，从单纯的研发型初创企业转变为集研发、生产与销售为一体的成长型企业。2015 年，公司改制为股份有限公司，并向中国证券监督管理委员会提交了股票首次公开发行（IPO）申请。2017 年，公司在深圳证券交易所上市，正式登陆资本市场。

透景生命和徐敏的交集就发生在这一年。

2017 年 3 月，已经向中国证监会提交首次公开发行股份并在创业板上市申请的透景生命正在接受证监会的审核。

在此之前，2016 年夏天，透景生命内部股权发生过一次转让。当时，公司董事长姚见儿将自己持有的一部分股份转让给员工持股平台景人投资。证监会要求作为透景生命股东之一的景人投资进行合伙人调整并完成工商变更登记才能完成审核，拿到上市许可。

看上去挺简单的一件事，问题就卡在了工商变更登记这一环节上。

原来，按照规定，工商变更登记必须本人亲自到场验证。而此时，姚见儿人在北京，与证监会初审员就上市审核一事进行沟通，一时之间赶不回来。而证监会要求的工商变更登记必须要在这几天里完成。

能够顺利上市，公司将跨入一个新平台，有助于提升形象。但如果错过这次的窗口期，就可能又要等上好几年。当时，我具体负责经办此事，为此心急如焚夜不能寐。

抱着试一试的心态，我来到了浦东新区市场监督管理局注册分局张江窗口，询问有无变通解决的办法。

接待我的是窗口工作人员孙慧苓，她耐心了解事情原委后向徐敏汇报："这家公司确实有困难，能不能帮他们解决？"徐敏表示，她会替我们想办法，请我们先耐心等待。

过了一两天，徐敏通知我们过去开一个沟通会，告诉我们，她想出来一个视频连线验证的办法，并指导我们将需要的文件都准备好。我如释重负，长吁了一口气。

到了约定的这一天，通过手机视频连线，姚见儿手持证件在异地完成了本人身份验证。验证通过后，徐敏及其团队加班加点，积极协调各个审批环节，尽量缩短整个审核流程，将原来需要5个以上工作日完成的审查流程在3日之内完成，协助透景生命在证监会规定的时间内完成工商变更登记。

最终，透景生命顺利通过了后续的证监会初审会、发审会，于当年4月成功上市。

徐敏是我们的“及时雨”，让企业在上市申请关键时期，顺利完成股权变更。这件事情虽然已经过去两年了，但我回想起来还觉得就像在昨天一样清晰。

后来徐敏告诉我，优化营商环境只有进行时，没有完成时，她始终在工作中秉持这一理念，认为应该尽可能为企业解决困难。真是太感谢了！

她给我留下的印象：一是本职工作方面非常专业；二是态度可亲、做事细致；三是她能站在企业角度考虑问题，结合监管要求，结合企业需求，把工作做好。这第三点也是最难能可贵的。

我们真心感谢上海市浦东新区市场监督管理局注册许可分局徐敏老师及其他工作人员！让我们深刻感受到了浦东新区政府对民营企业的鼎力支持，急企业之所急，让我们体会到政府为民服务的热忱和实干的精神面貌！

招商引资背后有她一份功劳

丁仁忠 / 讲述

2019 年年初，“企业家门口服务中心”正式入住三林镇企业服务中心。除了大厅专设的“企业窗口”可以随时为企业提供注册、咨询等各类服务外，“徐敏创新服务工作室”也定期上门为三林镇的企业提供

服务。

我在三林镇做招商工作已经有20多年，现在担任镇企业服务中心部门经理。从浦东开发初期，我就已经认识徐敏了，可以说她是三林镇的“金牌顾问”，为企业解决了不少难题。可以说，我们的招商引资背后也有她的一份功劳。

1993年，我在三林镇项目办公室负责招商工作，经常跑的地方就是位于川沙的浦东工商一分局注册窗口。我还记得，去的时候一脸愁容，回来的时候却是满脸微笑，因为我在窗口碰到的是徐敏。

浦东新政策不断推出，吸引全国各地企业来投资落户。但企业在注册成立过程中，经常遇到各类问题，比如：企业经营范围表述不规范、企业提出的分类界限模糊……如果这些问题不及时解决，就会影响到企业注册的时间，甚至会让一些企业因此而放弃落户浦东。

有些企业遇到的问题，注册窗口往往也是第一次接触到。但我当时并没有听到“No！”那时候的徐敏才三十出头，接待我们时总是有问必答，特别有耐心。遇到一些难题，她当场不能回复的，事后请教前辈、领导或者查阅资料后，再给我们回复或提出解决问题的建议。

2002年，徐敏调到浦东工商局本部窗口工作后，服务的企业更多，但服务态度却没有改变，依然保持着热心、耐心、细心。

让我印象比较深刻的是，这些年陆续有多家企业是徐敏推荐到三林镇落户的。这是因为，遇到企业到窗口咨询注册地时，徐敏总是根据企业经营项目，向他们推荐适合的落户区域。

徐敏心中有个地图，对于浦东哪个区域重点发展什么产业都了如指掌，所以才能向企业推荐合适的注册地、落户地。而她的建议，不仅让一些原本犹豫不决的企业下决心留在浦东，也让企业找到了适合自己的地方。

多年前，三林镇企业服务中心副总经理陆耀平，就遇到这样一个棘手难题：镇集体企业三杨物业公司无法进行法定代表人变更。

按照政策，公司要变更法人，必须获得全部股东同意。三杨物业公司的其中一个股东，是三林镇的一家集体企业，而这家企业多年前已经注销，无法出具同意变更的证明。

这让我们都犯了难，想了好多天也没得到一个合适的解决方案。实在没招了，我们便找到徐敏，想听听她的建议。

当时，徐敏已经担任浦东工商局注册处副处长。她热情接待了我们，了解实际情况后，参考国资委对国资企业资产界定的一些办法，给出了一个解决方案："先找到这家被注销的企业的股东。"她打了个形象的比喻："把三杨物业公司比作一个人，那家注销的公司比作他的父亲。父亲过世了，谁来证明儿子的身份？那就去找爷爷来证明，爷爷当然就是投资那家注销公司的'股东'了。"

一个形象的比喻，立即让我们茅塞顿开。后来，经三林镇资产管理办公室出具界定，三林镇另一家集体企业，也就是注销公司的股东，在变更协议书上敲了章，使三杨物业公司顺利办理了变更手续。

徐敏根据企业本质和定位，灵活地对这些基层企业提出有效的解决方式，既让企业的发展有了新的起点，也让街镇的相关工作人员学习到更多不同情况下的处理方法。

其实，三林镇处于城乡接合部，但却吸引了众多企业在此落户，甚至其中有多家产值上亿元的大企业。这是因为我们有注册登记窗口专门为街镇招商引资开辟的“绿色通道”，切切实实节省了企业注册时间，优化了营商环境。

2006 年 4 月 21 日，百安居正式落户三林镇。其注册过程走的就是“绿色通道”。

那段时间，三林镇招商工作的重要任务就是引进百安居。外资企业最注重的是营商环境和办事效率，为了让百安居顺利落户，我又找到徐敏，此时已经担任浦东新区市场监管局注册许可分局企业注册科长的徐敏积极协调外资登记相关负责人，安排专人受理审核，进行提前介入、全程服务，使企业通过绿色通道，享受了重点企业特事特办的待遇。

以前，外资企业起码要花半个月时间才能实现真正落户。注册许可分局的“保姆式服务”，让百安居从申请受理到拿到营业执照，只花了一天的时间。

不仅如此，浦东新区市场监督管理局还将服务送到了企业“家门口”。

2018 年底，三林镇企业服务中心特设 3 个企业服务窗口、2 个社会服务窗口，让企业与市民可以在不同窗口办事，“徐敏创新服务工作室”的工作成员作为特色服务指导者，定期来到这里，为企业答疑解惑，使企业不再走弯路，提高了办事效率。

徐敏对工作有满满的创新因子，遇到问题请教她，她总能想出办法。多年的工作接触，她是我们最信任、同时也是最感恩的人。

她的一句话，深深影响着我

王竑玮 / 讲述

徐敏有一句话深深影响着我——“我们不轻易对企业说‘不’。”这句话被复刻在自己对企业的服务中，因为有了徐敏老师的这句话，我们也不轻易对企业说“不”。

我是陆家嘴金融贸易区经济发展促进中心第一分中心招商办主任王竑玮，日常工作是为陆家嘴招商引资。现在一中心每年会为陆家嘴引入 300 余家新企业，同时为原有的 4000 余家企业提供服务，也就是说，一个中心全年服务的企业总数在 4500 余家。

其实整个陆家嘴服务总量是伴随着陆家嘴金融贸易的发展而呈几何级增加。十年前，陆家嘴经济发展促进中心所服务企业的纳税额为 10 亿元，而十年后的今天，这个纳税总额已经激增到了 170 亿元。

同时，在技术发展突飞猛进的当下，大数据、云计算、人工智能、区块链这些热门技术结合金融创造出了强大的变革力；支付清算、借贷

融资、财富管理、零售银行、保险、交易结算等为人所熟悉的金融领域业务流程被一一再造。

行业成长永远走在政策之前，政策更要适应新兴的行业，助力创新企业的成长。2014 年 1 月 1 日，浦东新区市场监督管理局成立后，徐敏成为新的注册许可分局企业注册科副科长，此前，她就已经说过，绝不轻易向企业说“不”。而从此之后，她更是努力在实践中做到了这一点，我和整个团队也是因为有了徐敏这句话，从来不轻易对企业说“不”。

正因为这样，陆家嘴经济发展促进中心不但引进了很多优质客户，也因为排忧解难的服务态度赢得了客户的一致好评。

2014 年 3 月，陆家嘴管委会经发处得到消息，“东方钢铁”正在寻找合作方，洽谈关于设立“动产信息服务平台”的项目。

这个项目的初衷源自2012年。当时上海等地出现钢贸信贷危机。由于缺乏监管，部分中介机构与钢贸企业相互勾结，出具虚假仓单，或者重复质押“一女多嫁”，甚至“移花接木”，利用其他钢贸企业货物质押套取银行信贷。

业界总结，危机背后，是动产质押参与各方之间(钢贸商、第三方监管公司、银行、仓储公司)信息不对称；部分企业诚信缺失，质押物真实性无法保证；仓库良莠不齐；第三方监管服务不到位，质物监管形同虚设。

而这个项目属于全国首创，立意便是通过平台，对钢材加上“电子身份证”，通过物流仓储环节管理和“大数据”共享，避免“虚假仓单”和“重复质押”等行为的发生。

收到消息后，我们立即主动出击。通过沟通，了解到对方拟设立“动产信息”服务公司的方案。因为该行业系全国首创，国民经济行业类别中无法确定其行业定性，所以创新企业面临没有行业名称、经营范围的尴尬。

我们将这一情况向徐敏反馈，徐敏第一时间对项目的背景进行了解和梳理，根据企业定位，和市局密切联系，重新定义新企业的名称和经营范围。时间紧迫，平台上线在即，帮企业排忧解难亦要争分夺秒。

3月25日，由上海市银行同业公会、上海银监局、上海金融办等相关部门联合牵头，委托东方钢铁电子商务有限公司搭建的上海银行业动产质押信息平台上线运营，上海成立了全国首创的动产质押信息平台。

3 月 28 日，市工商局给出了全国首个“动产信息服务”的名称核定——上海诚融动产信息服务有限公司，并给出了符合企业业务发展的经营范围——动产融资及交易的信息登记及相关服务。

我们雷厉风行的工作风格，受到了企业的高度赞赏。“东方钢铁”决定将“诚融动产”落户在陆家嘴金融贸易区，可以说我们是在徐敏的帮助下，赢得了一家大企业。

众所周知，陆家嘴是上海建设国际金融中心的核心区，各类金融企业在此集聚，与金融相关的股权变更也越来越多。然而因为有股东身在外地，有的甚至远在国外，到现场办理不仅经济成本高，而且时间也长。

面对企业越来越高的诉求之声，我们只能向徐敏寻求帮忙。徐敏笑笑，没有说“不”，反而对这个问题很重视。在办理涉及企业和自然人合法权益的登记时，为了保证登记信息的真实性，股东应该到窗口办理。但在实际操作过程中，有些股东可能因故不能到场，有些股东本人在国外和国内其他城市，往返时间较长。

如何才能在保障股东利益的前提下，提高企业的办事效率？徐敏和其他工作人员一起开始头脑风暴，帮企业股东更加安全便捷地维护自身利益。当时，微信的应用已经很普遍，能不能利用微信视频的技术来解决这个难题？一次又一次的研究讨论后，微信识别的方案出炉了。

中非信银股权投资管理有限公司是第一家享受这项便捷服务的公司。资料齐全后，股东只需手持自己的身份证，复述所办事项，通过微信视频向工作人员验证自己的身份。对于企业而言，办事效率大大提升了，而对于注册科的工作人员却是额外增加了更多的工作量。对此，徐敏认为，工作人员虽然累了点，却是想企业之所想、急企业之所急，换位思考做实事。

打开软件，填写好相关信息，随后进入人脸识别核验身份的页面，根据提示，面对手机摄像头眨眼、摆头，不到 1 分钟便完成了验证——现在登陆浦通办 APP，就能完成人脸识别，核验身份，通过远程操作完成股权变更等一系列工作。

突破、创新，这两个词在陆家嘴这片金融创新的前沿阵地上用得最频繁，我们招商中心内的案例比比皆是。

2019 年初，建信金融科技有限公司提出，希望能沿用上级股份公司形式，增设独立董事，并有表决权，但有限责任公司未有此先例，为此，徐敏根据企业特点及架构，提出采用折中办法，在章程中予以体现独立董事表述。

凝神聚力谋发展，奋勇开拓创新篇，因为有了徐敏这样从不轻易对企业说“不”的工作团队，陆家嘴金融的变革与创新将永远继续。

调研篇

ABBREVIATION

服务企业问题研究

——对浦东企业登记注册便利化相关问题的研究

在2018年全国两会上，李克强总理围绕深化“放管服”改革，提出了“六个一”目标，即企业开办时间再减一半，项目审批时间再砍一半，政务服务一网通办，企业和群众办事力争只进一扇门，最多跑一次，凡是没有法律法规依据的证明一律取消。为贯彻落实相关要求，浦东新区市场监管局“徐敏创新服务工作室”立足服务企业定位，深入开展企业准入便利化专题调研，针对企业在注册登记等方面的需求和问题，提出对策建议，为进一步营造行政效率最高、服务管理最规范的政务服务环境提供参考。

2018年1月，浦东新区市场监管局着眼于优化营商环境、服务企业发展，成立了由党的十九大代表、上海市劳模徐敏同志担纲领衔的“徐敏创新服务工作室”。在商事登记制度改革持续深化的背景下，自2018年2月以来，“徐敏创新服务工作室”紧密结合大调研，将服务窗

浦东新区市场监督管理局试点药品两证齐发

口延伸至企业现场，深入了解、主动解决企业“急、难、愁、盼”问题，为进一步提升企业注册登记便利化水平，优化区域营商环境夯实基础。

企业对浦东营商环境的总体评价

此次调研的对象以注册地址在浦东新区的企业为主，以注册地址在上海市其他区但在浦东有经营活动的企业为辅。企业类型包括外商投资企业、国有企业、民营企业等；行业分布涉及科技、金融、贸易、制造、航运、文化、咨询等，并特别将新兴行业纳入其中；企业规模覆盖大型、中小型、微型等类型；企业发展阶段涉及初创、成长、成熟等各阶段；调研企业的注册地址以陆家嘴、世博、张江、金桥、临港等区域为主；调研业务内容涉及内资、外资登记，食品、药品、医疗器械许可，化妆品备案等方面。调研主要采取实地走访、问卷调查、交流座谈、随机暗访等方式，共回收调查问卷602份，现场解决问题近600个，收集梳理问题2000余项，并汇总形成问题清单。

调研显示，企业对浦东新区整体营商环境基本认可，满意度较高，85%的企业表示满意或基本满意，15%的企业表示一般或不满意。其中，企业对浦东的法治营商环境满意度最高，达92%；对市场竞争环境满意度低于其他，为75%。企业对浦东市场监管局的工作总体评价较高，92%的企业表示满意；对浦东的注册登记环境，83%的企业表示满意或基本满意。

多数企业认为浦东的市场开放度不断加大、法治环境规范有序，市场准入便利化程度较高。一方面，多个领域先行先试，体现改革先导效应。自贸区在全国率先推出“持永久居留证外籍高层次人才创办科技型企业”改革，支持持有外国人永久居留身份证的外籍高层次人才参与创新创业，首批2家外籍高层次人才创办的科技型内资企业成功落地，3家企业有意向参与试点；在全市率先实行食品、酒类许可“两证齐发”，申请材料减量43%，办理提速37.5%。另一方面，企业对创新举措的感受度明显，体现改革示范效应。在全国率先实施“医疗器械注册人制度”改革试点，“远心医疗”的单道心电记录仪成为首个获批上市的试点产品，2019 年已有 3 家企业的 6 个产品获批，并同步探索建立质量管理体系、创新跨区监管制度。7 月 5 日，该制度创新成果已向全市复制推广。许多企业对 2019 年浦东推出的“1+1+2”登记办理模式印象深刻，登记时间缩短为 2 天，市场准入提速 60% 以上，切实为企业节约时间成本，上半年已服务企业 2 万余户。

企业准入便利化需求分析

通过调研，反映出企业在注册登记等方面的一些共性需求：

一是业务口径有待进一步统一。浦东新区企业服务中心登记窗口自 2018 年 1 月正式实行“单窗通办”服务模式，即：由企业服务中心工作人员在一线窗口收件，审批部门的注册登记工作人员在后台完成受理、核准。该服务模式上线初期，企业反映在综合窗口收件环节，由于工作人员对同一申请材料认识不统一、答复口径不统一，导致企业多次往返窗口、修改材料的情况较为常见，退件率较之前有所增加。

二是登记标准有待进一步完善。企业对经营范围相关问题反映较为集中，根源在于缺乏明确、科学、统一的经营范围表述标准。一方面，对经营范围的审核，因不同审核人员对企业所从事行业的风险认知预估不同，可能导致对同一经营范围出现截然不同的审核结果；另一方面，现行的经营范围表述方式较难满足部分企业的个性化需求，特别是与新兴行业的快速发展相比存在滞后性。场地问题也是企业反映较多的一类问题，不少企业因租赁场地不符合登记要求而无法正常开业。究其原因，在于缺乏规范、统一的场地登记标准，企业无法对标寻觅合规场地。实践中，多数企业办理开业前均已先行完成场地租赁，更有部分已完成装修等前期投入，却因场地不符合要求，无法开业，造成损失。

三是业务流程有待进一步优化。调研问卷显示，93% 的企业认为窗口收件后材料流转环节多、业务流程仍需优化。以企业设立登记为例，目前依以下流程办理：企业登录上海开办企业“一窗通”服务平台进行网上名称申请及设立相关信息录入一登记机关线上预审通过一企业至“单窗通办”综合窗口提交纸质申请材料一后台登记机关初审并作出受理决定一内部登记系统录入申请信息一审批部门审批核准，虽然办理时限已由 5 个工作日缩减至 1 至 2 个工作日，但办理流程的繁复，仍对企业及登记机关造成困扰。

徐敏带队在企业调研

四是信息化应用有待进一步加强。部分企业反映目前上海市网上登记手段运用不充分，信息化应用水平有待提高。近年来，部分外省市已经实现企业登记“网上申报、网上受理、网上审核、身份认证、电子签章、电子归档”全程电子化以及企业登记“零见面”等服务，申请人还可通过手机客户端进行申报，大大提升企业办事的便利度，基本实现政府零距离服务。目前上海市尚未做到全线在线申请与审批，一定程度上影响服务效率及企业体验度。

五是政策宣传渠道有待进一步拓宽。调研发现，企业对于了解改革新政、加强与政府部门间信息沟通的需求较为迫切和普遍，但目前获取相关信息的途径较少，不少改革举措的宣传广度、深度不够，企业往往需到窗口现场咨询才能掌握政策内涵、适用范围、操作流程等，导致从政策出台到企业适用存在时间差，一定程度上影响了改革效果。

提升企业准入便利化的对策建议

调研显示“如何更方便地开公司”是当下企业最关心的问题，唯有以企业需求为出发点，围绕“服务便民化”“办件标准化”“审批智能化”，进一步打通企业准入的申请关、受理关、审核关，实现“三关合一”，才能有效提升办理时效和服务体验，以更优质的政务服务助力区域营商环境不断优化。

一是通力协作打造优质窗口，夯实营商环境建设基础。企业对于营商环境的直观感受很大一部分来自行政服务窗口，窗口的服务态度、业务水平、便利化程度直接影响着申请人的感受。针对浦东新区“单窗通办”全面上线后的现状，对标世界银行营商环境相关评价指标，建议企业服务中心会同相关审批部门协力加强窗口建设，提升服务能级。一方面保持审批人员固定，为统一业务口径奠定专业基础，目前负责预审、受理、审批环节的注册登记干部均已固定。另一方面多管齐下统一业务口径，建议各相关审批部门通过书面下发业务指导、操作口径，定期召开“统一业务口径”专题会议，建立审批人员与窗口工作人员、辅助人员工作群等，及时、有效统一业务口径，提升窗口服务规范化水平，切实为企业节约时间成本，提高窗口收件人员、后台审批人员的工作效率。

二是构建统一登记标准体系，破解企业准入重难点问题。牵头打造统一的登记标准体系，包括“一个系统”“一个标准”“两个重点”。其中，“一个系统”是指统一的登记系统，做到网上登记系统与现场受理标准一致，实现线上、线下有机统一；“一个标准”是指对外公示、对内执行统一的登记标准，并定期更新，避免出现错位、矛盾；“两个重点”包括经营范围标准、场地标准。经营范围方面，在目前已实现经营范围清单化勾选的基础上进一步优化登记方式，探索支持新兴行业的创新表述，鼓励创新创业。对于经营范围申报中出现的新情况、新问题，积极贯彻窗口无否决权机制，必要时启动市、区联动机制，为新兴行业的市场准入开辟绿色通道。场地登记方面，对入驻商厦、商业中心等大

徐敏与企业深入探讨发展需求

型场地的企业，进一步优化、统一相关登记材料收取，由为企业提供实地登记场地的大型商户产权人申请场地备案；对于为企业提供虚拟注册场地的产权人，可按照集中登记地相关规定，申请“集中登记场地”，一经确认符合相关设立条件的，租赁企业仅需提交租赁协议即可办理登记。在自贸区进一步拓展第三方专业机构一站式服务，探索将在内地先行先试的“律师事务所办公场所作为企业住所登记”制度进一步拓展到会计师事务所，既可释放场地资源，又可发挥其专业服务功能。

三是深化内部挖潜流程再造，持续降低制度性交易成本。进一步发挥自贸区先行先试优势和浦东新区在综合执法体制改革、“证照分离”改革等方面的先发优势，深化简政放权，对涉及准入职能的事项进行深入梳理，持续推进市场准入便利化制度创新，继续推进“多政合一”“一企一证”等改革，着力推进“照后减证”，进一步放宽准入、降低成本，释放企业活力。进一步优化办事流程，实现准入环节的可预期化。编制企业登记和许可申请材料清单，大力推广“告知承诺”制度，简化审批程序。改进窗口互动模式，建立健全企业办事过程中的信息交换机制，第一时间回应企业在法律法规咨询、经营活动合规性引导等方面的需求。

四是优化“互联网＋政务服务”，提升准入智慧化水平。以上海市“一窗通”服务平台上线使用为契机，进一步向技术要效率。建议市级层面制定统一的信息系统标准，以市级行政审批目录为基础，制定电子政务的系统标准、事项标准等，保证各部门、各区域自有系统操作标准统一，同时也保证线上、线下办事标准统一。建议进一步完善市、区两级部门网上办事系统，统一网上业务系统入口、增加网络硬件投入、扩展网上办事功能、开发材料上传功能等。建议浦东新区信息部门加大对人工智能、语音识别等手段的应用力度，通过信息技术辅助材料审批工作，实现“智慧审批”。建议市级层面加快推进电子证照互认，推进各职能部门间电子证照互认共享。建议浦东新区审改部门牵头推进部门间信息共享，如针对场地信息审核问题，与不动产交易中心合作，将不动产信息库数据接入市民中心大厅专用电脑，可实时查证，让数据多跑路、企业少跑腿。

五是拓展政策法规宣传渠道，扩大改革创新影响力。窗口部门要进一步改变传统宣传模式，拓展新渠道，构建多角度、立体式的宣传体系。充分利用微信、微博、APP 等新媒体开展宣传，注重借助流量较大的政务类新媒体平台宣传改革政策、成效，对业务办理中发现的常见问题、新问题、新情况以及政策口径的新变化，及时通过官微推送相关信息做好解答、解读工作。扩展窗口宣传功能，做好各类业务办理常见问题解答收集整理并汇编成册，由咨询窗口分发或供申请人自行取阅，提高申请材料的准确度。组建政策宣讲团，定期走访企业及创业孵化器，加大政策法规宣讲力度。延伸宣传触角，利用窗口辅助队伍，与街道信使队伍、信誉良好的中介机构等人员加强交流，开展业务培训，扩大政策宣传的覆盖面。

服务孵化器　助力“双创”

——对浦东孵化器平台支持创新创业情况的研究

孵化器，作为为新生企业提供有利于其存活、发展的创业服务环境、空间环境的特殊企业，在完成初期探索并积累大量经验基础上，在近20年进入快速发展阶段。2014年，李克强总理在春季达沃斯论坛提出“大众创业、万众创新”的号召，掀开我国推进创新创业的新篇章，孵化器作为双创的重要抓手也随之蓬勃发展。近年来，孵化器在数量、场地面积、在孵企业、创造就业等方面的指

“徐敏创新服务工作室”
收到企业赠送的锦旗

标都呈现快速增长态势，主要指标已跃居世界前列，中国已经成为世界孵化器大国。

为贯彻《浦东新区人民政府办公室关于区政府系统深入大调研工作有关要求的通知》精神，2018 年 7 月始，浦东新区市场监督管理局徐敏创新服务工作室成立专项工作小组，采取蹲点、体验、联合方式，对新区内张江、金桥、临港、高桥地区孵化器企业开展走访。

通过此次调研，进一步了解孵化器平台培育模式和发展现状；了解入孵企业成长情况；帮助平台和入孵企业破解发展难题，提高行政服务的针对性、精准度；激发中小微企业市场活力，促进企业由小变大、由弱变强，及早成为浦东经济发展的主力军。

孵化器企业基本情况

新区区级以上孵化器企业共 135 家，主要分布在张江、陆家嘴、临港、金桥地区，近年来外高桥地区也有孵化器企业逐步兴起。其中，张江地区以其明显的科研、技术及人才优势，成为孵化器企业集聚高地，其孵化器企业户数占新区全部孵化器企业总体量的 62%。

从投资主体上看，在新区 135 家孵化器企业中，国有性质企业为 29 家，占孵化器企业总体量的 21.5%；民营性质企业为 95 家，占孵化器企业总体量的 70.4%，另有其他性质企业 11 家，占孵化器企业总体量的 8.1%。

从行业分布上看，浦东新区的在孵企业以高新科技创业为主，涉及的领域有生物医药、信息技术、互联网、物联网、医疗器械、文化创意、智能制造、航空航天、新材料、新能源、环保等。生物医药、电子信息和软件服务等还是创业的“传统”优势行业，这与这些行业发展较早、过往从业人员人数和高端人才积累较多有关。随着2017年人工智能概念的大热，人工智能领域的创业者人数开始增加，人工智能领域的高端人才供不应求，人才紧缺也是新兴快速发展行业亟待解决的重要问题。“互联网＋传统产业”的模式成为国家战略之后，依旧是创业的热门方向。虽然移动互联网已不再被投资者认为是“风口”，但选择移动端作为创业方向的创业者不在少数。这是因为智能手机已经成为人们生活中不能缺少的一部分，现代人们的出行、消费、饮食、社交等生活方

徐敏在企业一线做政策解读

式基本上都在手机上进行，由此派生的大数据、消费升级、新媒体、泛娱乐等领域是创业者们持续探索的崭新领域。不论是已经逐渐成熟的科技企业孵化器载体，还是新生的众创空间载体，浦东新区的高精尖企业孵化呈现一片繁荣的景象。

各区域孵化器企业结合环境基础及自身优势，积极响应市场需求，也不断探索孵化器建设新模式，通过此次走访，可将目前新区孵化器企业发展模式归纳为以下几类：

第一，1.0 发展模式：空间。

该模式可以通俗表达为“房东模式”，是指孵化器为中小型科技企业和创业团队提供低于市场价的办公空间，帮助创业者以更低的租金成本起步。这种模式的发展历史最为久远，并且仍是当前孵化器发展模式中最为盛行的一种类型。目前，该模式下最常见的手法为拟从事孵化器行业的企业从房屋业主手中低价购买或承租场地，将之包装成“孵化器”后出租给创业者使用，从而获得租金差回报。孵化器企业成为市场中俗称的“二房东”。

第二，2.0 发展模式：空间 + 服务。

该模式即：“房东 + 基础商务服务模式”，是指孵化器在为中小型科技企业和创业团队提供办公空间的基础上，也提供工商、财税、法务等企业代理服务，解决创业者事务繁杂的困扰。2.0 模式是对 1.0 模式的升级，切实满足了创业者部分刚性需求，帮助创业者解决“后顾之忧”，从而使创业者能够更好地聚焦在研发、销售等核心业务上。采用

2.0 模式的孵化器主要有两种：一是在孵化器发展 1.0 模式的基础上引入第三方服务商，为入驻企业提供服务；二是由孵化器企业工作人员自行为其入孵企业提供相关配套房屋。此次调研孵化器企业，均采取第二类经营模式。

第三，3.0 发展模式：空间 + 服务 + 投资。

该模式即“房东 + 综合商务服务 + 股东模式”，是指孵化器在为中小型科技企业和创业团队提供办公空间、基础配套服务的基础上，还对其认为将来有高发展潜能但由于目前身处创业初期阶段，困囿于发展基金的入驻的创业项目开展股权投资。3.0 模式是对 1.0 模式和 2.0 模式的大升级。2.0 模式下提供的服务不具有稀缺性，入驻企业可以比较方便地通过其他途径获得，因此对孵化器的黏性并不强烈，而在 3.0 模式下，孵化器提供的资金往往是创业项目所需要的稀缺资源，可替代性较低，对创业者的帮助更为直接，并且双方一旦达成投资协议，具有共同的目标和利益，因此入孵企业对孵化器的黏性更强。

孵化器企业对区域发展的积极意义

第一，为创业教育提供平台。

科技企业孵化器与创业教育高度关联，科技企业孵化器为创业教育的实施提供了广阔的舞台。创业教育和科技企业孵化器的对接使创业教育由必然性转变为可能性。目前，新区大型孵化器企业均有客座或专职

“导师”指导。“导师”往往是行业翘楚，是资源的聚合点。“导师”不仅为入孵企业带来了自己深厚的行业洞察能力和经验，还有行业资源、人脉、资金，“导师”指导的过程就是创业教育的过程。

第二，催生更多科技企业。

企业孵化器具有外部性或“溢出效应”。企业孵化器提供的共享环境和孵化服务，可以节省创业者初创企业的投资，免去创业过程中繁杂的日常事务，使创业者将精力集中于孵化项目，缩短创业所需的时间；有助于创业者充分利用社会资源，使创业者少走弯路，提高创业的成功率等。张江地区的孵化器企业该方面积极作用尤为明显，例如入孵张江985创业营的企业，不少为医药、生物领域的高科技企业。

张江孵化了众多生物医药企业

第三，促进科技成果转化。

企业孵化器为拥有科技成果的单位和个人，提供成果转化必需的工作场地、分析测试和实验加工的手段、创业必需的资金和人才以及宽松的政策措施等，为科技成果商品化、产品化、国际化创造适宜的环境和条件。以张江地区名为“蘑菇云创客空间”为例，该孵化器为个人提供成果转化的工作场地、分析测试和实验加工的手段，凡有创意梦想的人都可借助其场地及技术手段，将梦想变为现实作品，同时孵化器还提供产品化、市场化推广服务，将创意变为收益。

第四，推动区域经济成长。

孵化器企业具有示范、辐射、带动作用，以当地的资源为依托，通过其所创建的局部创新环境，优化整合和配置当地的资源，培育成功的企业成为当地经济发展的新增长点，可以提高地区的科技创新能力，成为区域经济发展的助推器。2017 年浦东新区所有孵化器企业在孵企业总产值为 1189041.77 万元，利税总额 20634.52 万元。

孵化器企业反映的问题

走访中，孵化器企业集中反映在企业发展中仍存在以下问题有待社会关注及支持：

第一，关于政府政策扶持方面。

从宏观方面看，一方面，政府在制定普适化扶植政策的同时，缺少针对不同企业需求、市场需求的精准化服务；另一方面，扶持政策散落在政府各相关单位，缺少标签化指引，造成创业者对扶植政策缺少统一把握及认识。具体到相关政府部门的职能，以市场主体准入领域为例，在办理营业执照登记中，可提供注册的办公场地极度匮乏，存在注册场地稀缺问题；部分入孵企业所从事行业为新兴行业，难以参照目前经营范围登记要求进行描述的问题，均需要政府政策创新支持。在办理税务申领发票方面，目前税务机关为了强化风险管理，对新区部分区域内特殊注册地址在申领大额发票方面管控严格，部分企业反映对其正常开展经营活动有一定影响。

第二，关于创业人才支持方面。

一方面，企业人才流失严重；另一方面，孵化器企业经理人员的企业经营管理素质有待提升。目前孵化器企业的经理人员大多是从“体制内”而来，也有的是刚刚毕业不久的博士或者海外留学生，人员专业素质虽然很高，但缺乏企业实际运作经验，因而在孵化器的经营过程中要经历一个较长的熟悉过程。在孵化器未来的发展过程中，需要更好地寻找并发现或者更快地培养出高素质的经理人，以适应盈利性孵化器中越来越多的增值服务对于人才素质提出的较高要求。

第三，关于资金扶持方面。

资金问题成为创新创业的重要制约因素。资金不足是创新创业的重要制约因素，而目前无论是财政资金还是社会资金，对创新创业的投资更多的是锦上添花，较少是雪中送炭，从而使得许多创新创业项目由于资金不足而搁置或失败。尽管现在的融资渠道较以前有所拓宽，天使投资有所增多，但相对于目前的创新创业浪潮来说明显落后，股权众筹等方式仍有待进一步加强。同时，企业也希望政府为研发企业提供相应补贴。

对孵化器企业问题的建议及对策

从 1987 年，中国第一家孵化器在武汉东湖创业中心创立，历经三十余年，企业孵化器企业取得长足的进步，但面对未来，依旧任重道远。针对调研中孵化器企业集中反映的问题，提出以下建议对策：

第一，搭建政策平台。

为孵化器企业的建设创造良好的政策环境，降低企业创业的制度性成本，为创新企业的发展提供更大的发展空间。

一是注重对孵化器事业进行宏观指导。建立统一政策信息发布平台，由政府各相关单位定期发布相关政策，企业可根据其发展阶段自行检索，及时获取信息。

二是深化政策创新，进一步放宽孵化器企业准入门槛。例如，对于部分孵化器企业反映的场地匮乏及新兴行业支持的问题及需求，一方面可探索“工位登记”政策创新，降低创业门槛；另一方面关注新兴行业发展，做好新兴行业收集、整理工作，及时与相关单位沟通、汇报，为有登记新兴行业需求的企业做好对接及信息反馈工作，扶持企业创新创业。

三是对认定的孵化器和在孵企业实行低房租、减免税收及土地征地等方面予以政策支持。

第二，搭建服务平台。

一方面，构建针对孵化器企业的服务体系，将市场主体准入服务体系、科技服务体系、法律服务体系、招商引资服务体系，人才用工社会保障服务体系等服务网络延伸到孵化器内。另一方面，实现现有孵化器企业的信息网络化。建立科技孵化器专业网站，办好创业信息网站和为孵化企业服务的信息发布平台，通过网站及信息平台及时发布企业需求信息，实现现有孵化器企业的信息沟通，建立资源共享的信息交流与公共服务平台，使孵化体系在孵化场地、服务设施、硬件配置、商业服务、融资服务和增值服务方面实现优势互补。

第三，搭建人才平台。

加强对既懂经济又懂金融，既熟悉企业运营又熟悉市场贸易经营的孵化器专门人才的培养和培训。走访中，大部分入孵企业呈现一个重要特点，即由技术人员创办企业并作为企业的领导者和管理者，兼有开发产品、市场、管理企业的双重任务，因此，建议开拓孵化器企业培训基地，加强管理人才队伍建设，依托高等院校、科技中介机构及行业协会等建立科技企业孵化器研讨、培训与信息交流网络，培养高素质的科技企业家队伍，造就一批具有创新精神的创业人才队伍，为提升科技企业孵化器的管理水平与服务质量提供人才支撑。

第四，搭建资金平台。

一方面，为风险投资运营和发展创造良好条件。利用产权交易市场，探索建立适合孵化器企业的风险投资退出机制。以风险投资公司和金融机构为主体，筹集社会闲置资金，支持中小科技型企业科技成果的转化，为孵化器企业发展提供雄厚的资金平台。另一方面，建立孵化器企业创业种子资金，科技型中小企业创新基金向在孵企业重点倾斜，支持其技术创新。此外，建议鼓励各类金融机构改进信贷服务，增加信贷种类，合理确定贷款期限，增加对在孵企业的信贷投入。

第五，搭建环境平台。

营造良好的创业文化氛围，充分发挥现代大众化传播媒体的作用，强化舆论宣传工作，提高政府部门、企事业单位及其他社会组织对科技企业孵化器作用和意义的认识，在全社会广泛倡导鼓励冒险、宽容失败的创业文化，鼓励在孵企业建立现代企业文化，塑造与孵化器特点相适应的、优秀的组织文化与人文精神，培育创业意识，树立创业发展观念，弘扬创新、创业精神，形成和谐的人文生态环境与良好的创新创业氛围。

人民日报

CCTV 中国中央电视台

中国工商报

新华每日电讯

中国质量报 China Quality Daily

文匯報

解放日报

新民晚報

澎湃

聚焦篇

FOCUS

STV

东方卫视

东方财经·浦东 ORIENTAL FINANCIAL PUDONG CHANNEL

青年报

浦东电视台 PUDONG TV

上海观察

东方网 eastday.com

浦东时报

浦东新区　探路先锋蹄疾步稳

2017 年 9 月 12 日 / 来源：《人民日报》/ 作者：孙小静

9 月 7 日，9 点不到，徐敏按例开始“巡岗”，调配人员到位。这里是上海浦东新区市民中心，汇聚了新区所有的行政许可窗口。徐敏是市场监管局注册许可分局内资企业注册科科长。

回到办公室，徐敏开始埋头审核企业注册申报材料。桌上，等待审核的材料已一大摞，两部电话和一个手机的铃声此起彼伏。“很忙，但是特有成就感。”徐敏笑道，“我们浦东率先开展的‘证照分离’改革试点、清理 116 项行政许可事项的做法，推广到了天津等其他自贸试验区”。

浦东新区，作为改革创新的探路先锋，正以时不我待、只争朝夕的劲头创造优异成绩，迎接党的十九大胜利召开。

从 1993 年到浦东工商局工作，徐敏见证了浦东开发开放的全过程：2005 年浦东成为全国首个综合配套改革试点区；2013 年浦东诞生了全国第一个自贸试验区；2015 年上海自贸区扩区，自贸区管委会与新区政府合署办公。“扩区前一年，浦东工商管理、质量技术监督、食品药品监督‘三合一’，成立了新区市场监督管理局。我和同事们角色转换，职能更大，任务更重，改革更多。”徐敏表示，“上海自贸区扩区后，新区市场监管局同时又是自贸区市场监管局，我们推出的每一项改革，都要考虑是否具有可复制可推广的价值”。

在浦东，“大胆试、大胆闯、自主改”的创新精神，已融入干部群众血液里，并形成共识：“浦东的每一项改革创新，都要站在国家战略的高度，为全国改革探路。”

第一张“负面清单”，让外商投资享受“国民待遇”；注册资本认缴制等改革，让市场准入更便利；不断升级的国际贸易“单一窗口”，惠及上海口岸 95% 以上的货物、100% 的船舶；率先开展的货物状态分类监管，有力促进了内外贸一体化；创新的自由贸易账户体系，接入了 52 家金融机构，开设了 6.7 万个账户；市场主体自律、业界自治、社会监督、政府监管四位一体、互为支撑的综合监管格局，开始为“宽进”后的“严管”扎牢樊篱……

为改革而生、因改革而兴，浦东的改革创新激活了市场投资及发展的热情。自贸区挂牌以来新注册企业数超过前 20 多年总和，自贸区以 2% 的面积创造了上海市 25% 的地区生产总值。更重要的是，上海自贸区 100 多项制度创新成果复制推广到全国，形成了一系列基础性制度和核心制度。

坚定不移全面深化改革，推动改革呈现全面发力、多点突破、纵深推进的崭新局面，浦东新区重任在肩。“浦东开发开放是一项跨世纪的国家战略，如今又面临新的发展阶段。我们对党的十九大满怀期待，这次大会将提出具有全局性、战略性、前瞻性的行动纲领。我们一定胸怀大局，以踏石留印、抓铁有痕的实干精神，真正当好改革开放排头兵中的排头兵、创新发展先行者中的先行者。”浦东新区主要负责同志说。

“拿纳税人的钱凭什么不办事？”她用微笑服务让申请人感受“浦东温度”

2017 年 9 月 30 日 / 来源：《上海观察》/ 作者：吴頔

走进浦东市民中心大厅，手捧文件办理业务的人络绎不绝。开放式窗口内，一个瘦小的身影正来回巡视，不时俯下身子凑到工作人员身边，答疑解惑，帮助他们与申请人沟通：“这些地方需要加盖公章，你下次直接过来就可以，不用再排队了……”

虽然劳累，但徐敏的脸上始终挂着微笑。这样的微笑已保持了 24 年，温暖了来来往往的申请人。徐敏说：“每一名注册官，都代表着浦东的投资环境。”

深改潮头见证浦东之变

“我就是一个普通人，在平凡岗位做着平凡的事。”十九大代表、浦东新区市场监督管理局注册许可分局企业注册科科长徐敏，一直将这句话挂在嘴边。

不过，这项“平凡”的工作，由于身处深化改革试验田的浦东，而被赋予了更多含义。

1993年，徐敏进入浦东工商局，走上企业注册岗位。注册登记是市场准入的第一道门，也是体制机制改革的前沿阵地。徐敏回忆，这十多年来，几乎每年都有新的改革措施出台，为浦东开发服务。

随着上海自贸区挂牌成立，浦东的发展更加日新月异。2014年，浦东启动工商、质监、食药监“三合一”，挂牌成立浦东新区市场监管局，原本三部门的注册许可登记职能都集中到了徐敏所在的注册许可分局。随着注册资本登记制度改革的实施，以及“证照分离”、企业简易注销登记、企业住所登记管理办法等多项全国、全市层面的改革措施在浦东率先试点，浦东迎来了新一轮创新创业与投资兴业的高潮。门槛降低了，办事便利了，申请数量也急剧上升。

“分局每天的接待量都要超过2000人次。”看着办事大厅人来人往，徐敏说，截至2017年7月底，浦东新区已有市场主体39万多户，平均每天有超过100家企业在这里诞生。这几年来，她每天都要受理咨询、审批、办理执照大约80户次，多的时候超过160户次，放在地面箱子中的文件甚至堆得与办公桌一般高。

小到个人独资、民营创业企业，大到央企、国企，徐敏都经办了不少，休息日走在街上，看见街边店面的招牌，她常常倍感亲切：“这些企业注册都是我办理的，看见他们就像接生婆看见自己接生的小孩一样！”

在改革推进中，徐敏不仅注重收集数据案例，为新政的评估、复制和推广做准备，也在不断积累经验、学习法规。

前不久，徐敏收到了一位企业负责人送来的感谢信：“感谢你们的创新思路，有力支持了我们的发展！”这是一家2016年设立的医疗研究公司，因希望在企业名称和经营范围中加入“智慧医疗”字样前来咨询。了解企业情况后，徐敏认为该企业的经营目标体现了医疗智能化的发展方向，诉求合理，马上汇报并获得批准，帮助该公司在经营过程中获得了先发优势。原本该公司投资金额仅有2亿元，现在市值已达100亿元。

“企业的难点就是改革的重点。”在未来的实际工作中，徐敏希望能通过制度创新、流程优化，更好地适应市场主体的新需求。

让群众点赞“浦东速度”与“浦东试点”

“你们拿着纳税人的钱，凭什么养尊处优不办事？”由于缺少部分必须材料，一位申请人被告知需再跑一趟，当场就拍起了桌子“发飙”。

办事人员理由充分：“每个人都巴不得今天把材料送来，今天就办好。但在法律法规面前，哪能睁一只眼闭一只眼？”

申请人却焦急万分，毕竟，晚一天拿到手续，对企业来说，不仅可能意味着违约，还可能带来数十万元甚至更多的经济损失。

在徐敏看来，窗口内外其实在“同一战壕”，目标都是要让企业早日拿到证照。不过，要解决问题，仅靠理解和微笑还远远不够。“我们并不高高在上，而应当用手中的权力来更好地服务群众。”奋战一线二十余载，她的岗位虽未有太多变化，却亲历了从“朝南坐”到“跨前一步”的转变。“服务”二字，被她常挂嘴边。

徐敏的办公桌上，放着一本《新华字典》，这本字典已跟随徐敏走过16个年头，封面卷边褪色，纸张也微微泛黄，帮助她为不少申请人了解决名称登记的难题。“我们中国人讲究取名的意蕴，响亮吉利的字号就意味着一个好彩头。”但随着企业数量的急剧增加，不少企业在注册时遇到了重名问题，按规定只能重新考虑。这时，小小的字典就派上了大用场：“我会翻翻有什么同音字、形似字，帮申请人出主意。”

不仅“接生”，还要“取名”，这原本并不在徐敏的工作范围之内，服务“附加值”的背后，折射出的正是理念之变。

“遇到吃不准的情况，不能简单说‘不行’，而要尽可能帮企业解决问题。”2015年8月，浦东新区市场监管局推出了“只说Yes不说No”的窗口服务快速反应机制，对不符合申请条件的，不打回票打清单；对法律法规不明确的，则不给否决给路径。以前，讲“No”不用请示，“开绿灯”需要打报告，现在则完全相反。

“窗口前还有人，我们就不下班。”业务数量与日俱增，为让申请人早日领取证照，注册许可分局推出了延时服务。近 10 年来，徐敏常常加班加点，有时甚至晚上 9 点才回家，她的干劲丝毫不输年轻人：“我们不仅面向浦东，更是将上海的创新面貌传递给全世界。看到申请人满意的笑容，我就很有成就感！”

当选十九大代表，徐敏清楚，荣誉的背后凝聚着整个集体为服务自贸区建设和科创中心建设两大国家战略所做的努力。今后，她将以更加热情专业的服务为企业发展保驾护航，让人民为“浦东速度”与“浦东试点”点赞。

责任催人奋进，实干成就辉煌

2017 年 10 月 18 日 / 来源：《解放日报》/ 作者：张骏、王志彦、谈燕、朱珉迕

金秋十月，全世界目光聚焦北京，承载万千期待的中国共产党第十九次全国代表大会拉开帷幕，2280 名代表肩负着全国 8900 多万名党员的重托，赴京参加盛会。

这是一次开辟新局的时代盛会——在全面建成小康社会决胜阶段、中国特色社会主义发展关键时期，必将对中国未来发展产生重大影响。

“我们能够代表上海 200 多万共产党员和全市人民参加党的十九大，深感使命光荣、责任重大。”上海代表们表示，将以饱满的政治热情和昂扬的精神状态，认真履行好代表的神圣职责，不辜负各级党组织和广大党员群众的殷切期望，为实现“两个一百年”奋斗目标、实现中华民族伟大复兴的中国梦而努力奋斗。

走过“不平凡的五年”

代表们说，党的十八大以来的5年，是党和国家发展进程中极不平凡的5年，改革开放和社会主义现代化建设取得了历史性成就。

“过去5年，党中央带领全国人民取得了举世瞩目的成就，大家都深有体会。”市经济和信息化工作党委书记陆晓春代表说，上海经信系统在中央和市委领导下，保持战略定力，较早地启动创新驱动发展战略，我们持之以恒，调结构转方式，产业转型出现新局面，经济质量效益明显提升。“实践证明，走创新驱动发展之路，虽然艰苦，但是值得，方向正确。”陆晓春说，我们期待十九大报告对未来五年提出新规划新要求，上海在下一步创新驱动发展过程中，在服务国家战略过程中应该有新的行动。

浦东市场监管局注册许可分局企业注册科科长徐敏代表，是一名来自上海自贸试验区改革一线的工作人员。“有幸参加党的十九大，感觉非常光荣和激动。”她告诉记者，自己在企业注册岗位工作了20多年，见证了浦东开发开放的全过程，尤其是最近五年，各项改革深入推进，改革的步子更大，成效更明显，企业和群众感受到了实实在在的改革红利。“我将认真聆听十九大报告，积极履职，将来自自贸试验区一线的改革经验和成果带到会场，同时将报告精神带回上海，继续在自贸试验区和科创中心建设两项国家战略中作出自己应有的贡献。”

“不平凡的五年”是许多代表的共同感受。“全党全国各族人民走过了不平凡的道路，作出了不平凡的努力，也取得了不平凡的成就。”上海市妇联主席、党组书记徐枫代表以群团改革为例，谈及这项改革使基层基础不断夯实，街镇、居村一线队伍分别增至改革前的三四倍，有更多热心妇女儿童事业的骨干力量加入。“无论是高大上的楼宇园区，还是接地气的菜市场，如今都能找到妇联组织。在妇女儿童急难愁盼的方方面面，我们携手努力。”徐枫说，妇联改革是群团改革的一个缩影，我们始终立足保持和增强政治性、先进性、群众性，破除“机关化、行政化、贵族化、娱乐化”，持续转职能、转方向、转作风，走出了一条群团工作新路子，“我们深刻感到，这五年，从国家到地方，办成了包括群团改革在内的许多过去想办而没有办成的大事”。

5 年来的成就是全方位的、开创性的，5 年来的变革是深层次的、根本性的。代表们说，这些历史性成就和历史性变革，标志着我国发展站到了新的历史起点上，对党和国家事业发展具有重大而深远的意义。

期待描绘出新的宏伟蓝图

“期待十九大为改革描绘出的新的宏伟蓝图。”代表们说，“全面建成小康社会催人奋进，第二个百年奋斗目标遥遥在望，伟大的时代正向我们发出复兴圆梦的热切召唤”。

“中国特色社会主义是改革开放以来党的全部理论和实践的主题。”

静安区委书记安路生代表说，我们要始终秉持以人民为中心的发展思想，把“人民群众对美好生活的向往就是我们的奋斗目标”这样一种深切的民生情怀，贯穿于工作的方方面面，彰显共产党人的责任担当。要把保障和改善民生作为一切工作的出发点和落脚点，让群众感受到我们中国特色社会主义制度的优越性，感受到以习近平同志为核心的党中央执政为民的深厚情怀。“撤二建一”后的静安，也将按照中心城区新标杆、上海发展新亮点的要求，推动“美丽家园”向“美丽城区”延伸，努力在精细化管理方面做得更好。

当前和今后一个时期，是全面深化改革的施工高峰期，是落实改革任务的攻坚期。作为司法体制改革的见证者、参与者和践行者，上海市第一中级人民法院刑二庭副庭长、审判员周欣代表有深切感受，法官的职业尊荣感得到很大提升，薪酬体系、职业保障更为科学合理，尤为重要的是司法责任制得到进一步完善和强化。她说，公正司法是维护社会公平正义的最后一道防线，随着司法体制改革不断向纵深推进，确立的各项目标任务必将达成，真正让人民群众在每一个司法案件中都感受到公平正义。

不忘初心，继续前进。代表们说，我们距离实现民族复兴宏伟目标从未如此之近；站起来、富起来的中国人民，强起来的愿望从未如此强烈。我们要高举中国特色社会主义的伟大旗帜，继续努力开创美好未来。

上海市总工会主席、党组书记莫负春代表反复提及习近平总书记在省部级领导干部专题研讨班上的一句话：中国特色社会主义进入了新的发展阶段。

“新阶段意味着新情况、新使命，也对改革提出了新要求。”莫负春表示，在经过不寻常的五年后，未来的改革需要进一步适应时代变化、体现时代精神，并用扎扎实实的行动满足人民群众对美好生活的向往。“党之所向、民之所愿，就是改革所求，十九大将进一步增强我们的这一共识。”

不辱使命，认真履职

伟大的时代，为人民成长发展提供了宽广的舞台和极大的机会。代表们说，生逢其时，我们感到无比自豪，也无比幸运。带着上海200多万党员的嘱托，代表们表示，一定把党员们的心声及时带到大会会场。

上海市教卫工作党委书记虞丽娟代表说，教育在全面深化改革中占有十分重要的位置。党的十八大以来，教育综合改革、高考综合改革持续推进，均取得重要成果，并正在向纵深推进。教育领域改革，党中央、国务院有重大部署，社会各界也有广泛期盼。党的十九大之于改革，正是进一步聚焦重点领域、重点环节、难点问题攻坚突破的新起点。

除了改革，高校思想政治工作和教卫领域基层党组织建设，也是虞丽娟格外关注的问题。她告诉记者，围绕习近平总书记在高校思政工作会议上的讲话，上海正在推进的“思政课程走向课程思政”等试点，均积累了有益成果并有望走向全国。十九大这个特殊节点上，这些成果如何进一步深化、巩固、再推进，同样备受期待。

浦东海事局危管防污处处长陈维代表的工作单位在外高桥港区，每天都能看到港区车来船往，自贸区一派繁忙景象，她直观地感受到国家经济发展和综合国力的提升，并由衷地感到自豪。因为本职工作是船载危险品安全监管和防止船舶污染海洋环境，陈维十分关注绿色发展、生态文明和环境保护。“作为长三角的核心港区，上海率先实施船舶排放控制区的政策，走出绿色发展的新路。”陈维期盼十九大报告对绿色发展有更多阐释，“习近平总书记说，绿水青山就是金山银山，如何围绕具体目标，让工作更有针对性，我将认真履职，并将报告精神带回上海，继续在城市安全和环境保护中，作出自己应有的贡献。”

信念使人坚强，民心凝聚力量，责任催人奋进，实干成就辉煌。代表们说，“我们必定不辱使命，认真履职，为人民享有更美好的生活，为各项事业更上一层楼，贡献自己的力量”。

为建立更高水平开放型经济新体制探索新路

2017 年 10 月 29 日 / 来源：《文汇报》/ 作者：唐玮婕

刚从北京回到上海，党的十九大代表、浦东新区市场监管局注册许可分局企业注册科科长徐敏又忙开了。她已经领到一个新任务：从下周一开始，通过座谈会等多种形式，和身边的同事分享会议期间的满满收获，“当前的首要政治任务就是认真学习宣传贯彻党的十九大精神，把思想和行动统一到党的十九大精神上来，把智慧和力量凝聚到落实党的十九大提出的各项任务上来”。

新时代，要持续改革攻坚

徐敏工作在上海自贸试验区的改革一线，每天都会和许许多多市场主体直接打交道。窗口虽小，却事关创新创业者的梦想，事关国家战略的具体实践，她说：“这一次走进人民大会堂，让我更深切地感受到了这份职业沉甸甸的责任。”

从2013年9月挂牌，开启1.0版；到2015年中央批准深化自贸试验区改革开放方案，迎来2.0版；再到今年3月中央深改组正式批准全面深化上海自贸试验区改革开放方案，这片试验田深化改革已经进入3.0版。

“随着上海自贸试验区商事制度改革深入推进，我们肩上的担子越来越重。”翻着自己在十九大期间记得满满当当的学习日记，徐敏告诉记者，“作为一名服务这一国家战略的市场监管人，一定会把大会精神落实在日常工作中，不断提升优化服务机制，才能给更多市场主体带去实实在在的改革获得感”。

徐敏口中的商事制度改革，正是上海自贸试验区聚焦的一大改革领域。先照后证、注册资本认缴制、多证合一、集中注册、简易注销等，这些准入环节全流程的创新改革举措先后实施，强化了企业的市场投资主体地位，全面实施“证照分离”改革，采用取消审批、改为备案、告知承诺和优化准入管理的改革方式则完善市场准入管理，使企业办证更加便捷高效。截至2017年9月底，整个区域新注册企业4.8万家，月均注册企业数量是挂牌前的5倍，新注册企业活跃度超过80%。新设企业中，新设外商投资企业8781家，占比已从挂牌初期的5%上升到2017年9月底的近20%。

新时代要有新要求。持续深化改革攻坚，这是上海自贸试验区始终不变的初心。徐敏说，她将和同事投入更多时间和精力深入学习，帮助市场主体解决各种疑难问题，更好地让改革措施精准落地。

新征程，要坚持先行先试

如今，无论是投资、贸易、金融，还是事中事后监管，上海自贸试验区已经形成一批基础性和核心制度创新，并在实践中不断成熟、定型，以制度创新促进政府管理经济方式发生根本性转变，在率先形成法治化、国际化、便利化营商环境上取得重大进展。

新征程要有新气象。十九大报告指出，“赋予自由贸易试验区更大改革自主权，探索建设自由贸易港”，这让包括徐敏在内的广大上海自贸试验区干部群众倍感振奋。大家表示，一定要认真深入学习宣传贯彻党的十九大精神，以习近平新时代中国特色社会主义思想为指导，努力当好新时代全国改革开放排头兵、创新发展先行者。

不忘初心、牢记使命，锐意进取、埋头苦干，大家一致认为，要持续深化改革攻坚，坚持以自贸区建设为突破口，以经济体制改革为引领，坚持先行先试、制度创新，进一步深化重点领域和关键环节体制改革。按照中央部署，对照国际最高标准、最好水平，全面深化自贸试验区改革开放，继续为国家建立更高水平的开放型经济新体制不断探索新路。

自贸试验区＋科创中心国家战略提升浦东创新发展能级

2017年11月8日／来源：《文汇报》／作者：唐玮婕

把思想和行动统一到党的十九大精神上来，把力量和智慧凝聚到党的十九大确定的目标任务上来——连日来，浦东新区掀起了学习热潮，大家形成共识，要始终牢记以习近平同志为核心的党中央对上海、对浦东工作的新要求，以更强烈的使命担当、更坚定的行动自觉、更坚韧的勇气决心，奋力推进浦东开发开放，全力当好新时代全国改革开放排头兵中的排头兵、创新发展先行者中的先行者。

这些天，十九大代表、浦东新区市场监管局注册许可分局企业注册科科长徐敏几乎没有休息，马不停蹄地深入机关、企业、社区，召开多场党员座谈会、十九大精神宣讲会，和大家面对面交流参加十九大、学习十九大精神的心得体会。

“我带着浦东新区广大党员的信任和嘱托，从一线窗口走进人民大会堂，又从人民大会堂带着党和人民对我们基层工作人员的希望和要求，回到出发的地方。”徐敏说，“十九大报告阐明了新时代的新论断新特点新目标新要求，我们一定要把总书记的各项要求落实在工作实践之中”。

小小窗口折射投资环境越来越好

前几天，在浦东新区率先试点的“证照分离”改革迎来“深化版”，全面覆盖国家、市、区级企业市场准入审批事项，并建立动态评估、分类施策、滚动优化的清单管理制度。

这项全新改革可以说是浦东新区不断降低企业创新创业门槛，优化区域投资环境的又一重磅举措。根据第三方评估机构开展的企业满意度调查，认为“证照分离”改革后企业办证便利化程度高的，占了87%。与此同时，去年浦东新区新增各类市场主体较2015年末增加17.4%，市场主体活力被有效地激发出来。

“我是1993年三区二县合并成立浦东新区时，进入浦东工商局、走上企业注册岗位的。”徐敏的工作经历与浦东开发开放紧密相连，她深知注册窗口虽小，却恰恰能反映一个区域的投资环境，“要知道，过去企业来办事，走完所有的法定程序，有时要敲超过30个章。但现在，这种局面早已被彻底改变。随着改革的不断深入推进，尤其是上海自贸试验区的制度创新，企业办证越来越便捷高效。”

身处窗口一线，对于这些年来商事登记制度带来的变化，她更是感受深刻：从工商浦东分局，到工商、质监、食药监三局合并之后的浦东新区市场监管局，再到自贸试验区扩区之后上海自贸试验区市场监管局挂牌，随着先照后证、注册资本认缴制、多证合一、集中注册、简易注销等准入环节全流程的创新改革举措先后落地，企业的市场投资主体地位不断强化，为经济注入活力。

全力推进两项国家战略成了浦东的重中之重

十九大报告对自贸试验区和科创中心建设提出明确要求，特别是强调要赋予自贸试验区更大改革自主权，探索建设自由贸易港。就在上周，浦东新区召开党员负责干部会议，传达贯彻十九大精神。其中，全力推进两项国家战略成了浦东的重中之重。作为主战场主阵地，要牢记中央要求和总书记指示，大胆试、大胆闯、自主改，以更加坚定的决心、更加有力的举措，把自贸试验区建设、科创中心建设两大国家战略推进好、落实好，提升区域创新发展能级。

经过这些天的连续宣讲，徐敏告诉记者，无论是在机关、企业，还是在社区，大家在交流中都会不约而同地产生共鸣——在这个新时代，一定要不忘初心、牢记使命、永远奋斗，展现出新气象、新担当、新作为。

“作为承担着服从服务自贸试验区建设、科创中心建设两大国家战略的市场监管人，一定要在十九大精神指引下，按照十九大报告提出的各项任务，按照完成任务的时间节点，继续做好完成商事制度改革各项工作，扎实推进证照分离、多证合一、一照多址等各项改革，配合浦东新区全网通办、单窗通办等便利化措施的实施，抓紧落实放管结合‘六个双’闭环监管[①]等。”徐敏表示，“我们要努力带头做好手中的每一件事，以自己微薄之力推动浦东深化改革、创新发展各项事业蓬勃发展”。

① 指《浦东新区“六个双”政府综合监管实施办法（暂行）》中规定的“双告知、双反馈、双跟踪”许可办理机制和“双随机、双评估、双公示”监管协同机制。

每条小河都澎湃　每件小事都有价值

2017 年 12 月 15 日 / 来源：《青年报》/ 作者：郭颖

"我现在不是在宣讲就是在宣讲的路上。"党的十九大代表、浦东新区市场监管局注册许可分局企业注册科科长徐敏笑着告诉青年报记者，从十九大闭幕回到上海至今，她已经陆续为各行各业宣讲了 40 多场，平均每天一场。徐敏宣讲的主题是《在平凡岗位上书写人生华章》，宣讲的对象包括机关、街道、学校、企业、民主党派、武警边防部队等。然而，让她印象最深的却是来自市场监管团员青年的"不忘初心"之问。

用诗篇《小河的歌》勉励青年

2017 年 11 月，上海市市场监管团工委成立后举行了"青年发展论坛"，首场宣讲嘉宾即是徐敏。徐敏与团员青年分享了"五进"人民大会堂不同的感受和体会，同时讲述了自己作为一名共产党员的初心，以此激励团员青年在平凡的岗位上坚定理想信念，做好本职工作，担负起时代赋予青年人的使命。

徐敏的宣讲报告感动了在场的团员青年，并引起了大家的强烈共鸣。团员青年们情不自禁踊跃举手提问与徐敏展开互动。

有团员青年问："现在有个耳熟能详的说法叫'不忘初心'，您入党的初心是什么？您现在对当一名党员的认识，和当初入党时有不同吗？"

好问题！徐敏讲述了自己的成长经历："我是 1987 年 7 月 1 日加入中国共产党的。30 年来，每次参加宣誓活动都如第一次般激动，热泪盈眶。"徐敏动情地回答道，"初心"如同她多年来珍藏的一首诗歌《小河的歌》中所描述的那样，一条无名的小河是那样微不足道，但是只要她充满自信朝着心中的大海奔腾不息，必定会汇入时代潮头，也能成为灿烂阳光下光彩夺目的小水滴。心中有理想，脚下有行动，永远怀着一颗为他人、为社会、为人民的赤子之心，即使位卑言轻，即使默默无闻，自己的心里也始终充实、幸福，蕴藏着满满向上的正能量。

这是徐敏的初心，更是已成为融入她骨髓的信念。

"您提到'五进'人民大会堂，对您来说，最难忘的一个瞬间是什么？"又有青年发问。徐敏说："参加党的十九大的整个过程，我都非常激动，也都印象深刻，要说最难忘的时刻，就是习近平总书记在党的十九大开幕式上作报告时，共提到人民 203 次，他强调了在发展中保障和改善民生的七个‘有所’，即：在幼有所育、学有所教、劳有所得、病有所医、老有所养、住有所居、弱有所扶上不断取得新进展。我深深地感受到如此雄才大略的领导人对全体人民深情的关爱，当时被感动得热泪盈眶。”

团员青年纷纷被徐敏“圈粉”

还有一位细心的团员青年关切地问徐敏：“您膝关节有伤痛，是什么精神鼓舞着您坚守一线？”“1984 年我 24 岁，突然患病，我是学医的，该病当时被称不死的癌症，几度痛不欲生。在我人生最困难的时刻，是家人和党组织的陪伴使我克服疾病，特别是党组织和领导的关怀、同事的帮助，让我觉得我唯一能回报的，就是好好工作，就是感恩，真的觉得没有理由不努力。选择了坚持就是选择了勇敢，选择了在力所能及的范围内实现自己应该有的人生价值。”听完徐敏代表的回答后，很多青年既敬佩又感动，纷纷表示“被徐敏代表圈粉”，“为能跟徐敏代表穿同样的制服而自豪”。

那么，在窗口从事一线注册工作 25 年，有没有遇到什么困难？注册窗口工作量大、人手少，这是常态，但是徐敏说自己从来没把这些当成问题，在近十年每天都加班加点的过程中，她认为自己无非是将别人休息的时间都用在了工作上。能把工作圆满完成，也是一种成就。最困难的是当企业内部发生不可开交的矛盾时，登记部门稍有不慎就会成为矛盾的焦点。多年来，她得益于这样一个体会：特事特办、急事急办，难办的事情想着办。这个“想”，不是消极地等待，而是要静下心思考周全，在“等一等”的过程中，说不定就有灵感，或者事情本身会有转机发生。她担任领导职务十多年了，遇到类似的大小事很多，但基本上每一次都有良好的转机，从没有因为个人草率等原因给组织带来过麻烦。

当团员青年问及“青年如何在工作中践行党的十九大精神，承担好自己的使命和责任”时，徐敏为青年送出3个关键词：坚持、责任、追求。“坚持就是要保持不忘初心、严谨务实的精神状态；责任就是要时刻铭记我们肩负着努力夺取新时代中国特色社会主义伟大胜利，实现中华民族伟大复兴中国梦的责任和使命；追求就是要精益求精，不断超越、追逐梦想、永不止步。”徐敏的话语朴实而坚定：“这几个词也许大家会很熟悉，这也是党的十九大所弘扬的劳模精神。而劳模精神的极致，就是工匠精神。远大的理想要从手里的工作开始，从我做起、从现在做起，让这种精神成为我们做好市场监管事业，实现把个人理想融入市场监管梦再融入伟大中国梦的根本保障。”

徐敏的宣讲和交流既平实又非常有力量，让大家既感受到来自身边的十九大的情感温度，也为立足本职，践行好党的十九大精神树立了标杆。上海市市场监管系统各级团组织和团员青年表示，将以此为契机，不忘初心跟党走，把十九大精神鼓舞下迸发出的满怀豪情，转化为实现十九大所提出宏伟目标的强大动力，以永不懈怠的精神状态和一往无前的奋斗姿态，为推动上海市场监管改革创新再建新功。

“宣讲很累，但十九大会期的激动始终在燃烧，每一次汇报都能更进一步理解报告的内涵，而且自己对改革的理解，对新事物的认识有了提高，对于后续工作也有了思考和部署。自己觉得眼界开阔了，立意高了，想得更远了。”徐敏说。

推行“多证合一” 企业更好出发

2018年3月3日 / 来源：《人民日报》/ 作者：郝洪

今年1月8日，上海浦东市场监管局注册许可分局企业注册科科长徐敏有了一家以自己名字命名的工作室。

注册窗口是企业进入市场的第一个环节，也是市场晴雨表之一。成立“徐敏创新服务工作室”，是浦东在企业注册登记改革上的一次尝试。

“自2001年开始，浦东的注册登记每年都有改革创新。”徐敏回忆。2017年，徐敏明显感到改革的步子迈得更快。这一年，上海自贸试验区开展“一照多址”改革探索；优化新兴行业企业经营范围登记方式，在全国首创经营范围标准化词典库；在“五证合一”基础上推行“多证合一”，进一步降低企业办事成本……

“未来，工作室将从实际出发，调整登记流程和方式，减少中小企业的商务成本，让企业更好地出发。”徐敏说。

浦东新区窗口“注册官”的故事

2018年9月28日 / 来源：《解放日报》/ 作者：杜晨薇

徐敏的办公桌旁有几只塑料箱子，里面按时间堆放着浦东新区办理注册事宜的企业资料，每天下班前，她要完成一箱以上材料的审核，为第二天收进材料腾出地方。徐敏在担任浦东新区市场监督管理局注册许可分局企业注册科科长十余年期间，这些箱子是她加班时最“忠诚”的伙伴。

5年前上海自贸试验区正式挂牌成立，徐敏的箱子发生了细微的变化——

原本只能放80份资料的箱子，开始装得下两倍资料的量，因为企业办事流程简化了，需要提交的资料少了，也薄了。同时，箱子也被一只只地分给了其他同事，因为新增企业量大了，每天处理的业务量呈几何倍数增长，一个人的“挑灯夜战”已不能负荷。

这是关于徐敏和许许多多浦东新区窗口“注册官”的故事，同样也是上海自贸试验区成长的故事……

企业数量呈爆发式增长

5年时间弹指一挥，但对浦东而言，过去5年值得载入史册。2013年9月上海自贸试验区建立之初，28平方公里的区域内仅注册了8000户企业，其中80%为外资。奇迹发生在成立一周年的时候，企业注册数超过了12000户，相当于过去20余年积累总量的1.5倍。如今，浦东新区平均每年34000户新增企业中，有三分之一以上落户自贸区。

谈论起这一串数字，徐敏如数家珍。殊不知，每一个成倍增长的数字，都可以"换算"成注册科"注册官"们的加班时间。自贸试验区成立后，上海不断围绕自贸区建设，深化商事制度改革，企业注册的准入门槛降低了，手续费用减免了，注册流程简化了，万众创新创业的积极性真正被调动起来。到今年8月，自贸区内企业已达到87430户，较5年前，足足翻了10倍有余。而注册许可分局的"注册官"，却仍然是原先那70余位。徐敏说，"平均每人每天增加1小时工作时间，平均每周减少一个休息日"，是应对这串不断攀高的数字的唯一办法。

2015年上海自贸试验区扩区，浦东新区迎来企业数爆发式增长。这一年，"90后"施若诗刚走出大学校园，区市场监督管理局注册许可分局企业注册科"注册官"是她的第一个岗位。和想象中的公务员工作颇有不同，当一名"注册官"，没有所谓"8小时工作制"，没有"朝九晚五”，没有午休。那时，行政服务中心还没有开通网上预约功能，每天从开门接待时，大厅就会涌进一波又一波人。“直到送走最后一个申请人，天已经黑了，而我们很可能连中午饭都没来得及吃”。

最让施若诗焦虑的是对时间的“失控”。“常常分不清工作和生活的界限，晚上做梦也是坐在窗口接待”。因为工作期间不能分神，施若诗的手机总是满电的，每每打开，上百条未读消息红得扎眼，提醒她又度过了连轴转的一天。

自贸区的迅猛变化有目共睹。近5年时间，浦东崛起一批独角兽企业，其中60%诞生于自贸区。营商环境的不断优化，更让自贸区的企业开办便利度有了和发达地区“抗衡”的实力。“根据世界银行最近发布的数据，同样是新企业注册，在一些发达地区仍需要等待4个工作日，在浦东则是2个工作日；企业名称变更，浦东可以实现预审后一天内完成，有些发达地区则需要5天”，“注册官”张晓彤告诉记者。

2018年是张晓彤进入注册科、伴自贸区成长的第三个年头。从入职头一年每天忙碌整晚，到如今可以在不超过一小时的加班时段里妥善完成当天任务，背后不单单是“注册官”们对业务流程的谙熟，还得益于配合自贸区建设而日益优化的审批流程。徐敏介绍，随着注册科审批权下放，“注册官”们的工作重心从前台的接待转移至后台的审批。加之网络端口功能的不断丰富，现今，几乎所有的企业注册业务都可以由申请人直接通过网上提交，线下交材料仅需跑一次，企业方便了，也大大减少了前台的接待任务。

工作范围一次次被刷新

今年上半年，浦东新区发布《关于支持人才创新创业促进人才发展的若干意见》。其中，一条“率先试点持永居证外籍高层次人才在上海自贸试验区科技创业开放政策”一经推出，很快吸引了诸多申请人主动上门。

蔡文灏是这个政策拟定过程的参与者。此前，作为“注册官”，她不止一次以法律框架为依据，将外籍高层次人才的科技型企业注册申请挡在门外。“特别是拒绝一些身怀国际领先技术的科技人才，我自己也觉得很可惜。”为了让更多先进科学技术得以在国内市场应用，今年4月，浦东新区组织部、区市场监管局牵头设计出台新政，为外籍高层次人才在浦东开办科技型企业亮了绿灯。而今，第一批两名申请人已分别成功注册了无线电技术和生物科技类企业；第二批4名申请人的申请也正式进入了审批流程。

“我们还会定期评估这些企业的发展情况，并会同市商务委、公安部门，对申请人身份及其申请行业进行风险把控”，蔡文灏说，“自贸试验区是苗圃，我们大胆试大胆闯，试成功了就是可复制推广的经验，即便不成功我们也是勇敢的先行者”。在自贸区的改革洪流中，这个80后“注册官”表现出可敬的勇气。也恰恰是自贸区建设，给每个“注册官”注入了时刻准备着的奋进力量。

几个月前，6 岁孩子的母亲、“注册官”卢艳秋因劳累患上了面部神经瘫痪。短短几周的病假让这个最熟悉企业注册工作的“老手”一回到工作岗位，便直呼“跟不上了”。让卢艳秋跟不上的，恰恰是自贸区内瞬息万变的行业业态。上海自贸试验区成立前，原保税区域注册的企业以贸易型为主。自贸区诞生后，大量中介类、服务类新兴企业应运而生，行业分类越来越细化，注册窗口的经营范围登记工作范围也一次又一次被刷新。

“2007 年我刚参加工作，碰到一家注册 3D 打印机的企业。申请人手舞足蹈地向我比划半天，我还是对他的经营范围将信将疑。要是放在今天，别说 3D 打印，什么新潮的行业都有可能遇见。”为了保障新兴行业发展，如今上海市工商局每年会定期更新行业目录，梳理出新增的细分行业。而对于行政服务中心窗口，工作人员再也不会对未知的注册申请说“NO”了，“我们只对企业说 YES，哪怕是知识库以外的行业分类，我们也会上报协调，对该行业是否符合新兴产业发展方向作出谨慎判断，确保不把企业的创新创意扼杀在摇篮里。”

“上前帮一把”解疑难杂症

合欢路 2 号，浦东新区行政服务中心，如今也是中国（上海）自由贸易试验区行政服务中心。大厅里数十个窗口，同时服务自贸区内外的企业。而区市场监督管理局注册许可分局企业注册科的“注册官”们，虽常居后台，更多承担材料审核工作，但在 A 岛、B 岛两处窗口集聚区，还总是能看到他们的身影。

徐敏说，他们是“岛主”。每天，会有两位专业的“注册官”驻扎在 A、B 岛，随时回应企业提出的、窗口解决不了的“疑难杂症”。这也是上海自贸试验区成立后的产物。“随着企业类型数量的激增，企业提出的问题常常会超出窗口的处理能力范围，需要专业执法人员‘上前帮一把’”。

不久前，“注册官”施若诗就收集到了一个特殊的案例。申请人提出希望注销企业，但因涉及多次投资人变更，注销流程复杂，企业经办人四处咨询未果。其时，正值以徐敏命名、致力于发挥党代表作用帮助企业解决注册登记难题的“徐敏创新服务工作室”成立，工作室 11 名成员集思广益，想出了备案处理的办法，得到上海市工商局认可后，帮企业在最短时间内简化流程，顺利完成注销。

工作室成立后，徐敏将她“上前帮一把”的工作习惯进一步拓展，尤其是和上海自贸试验区建设过程中遇到的企业注册难题、瓶颈相结合，光是今年上半年，工作室 11 名成员就数次走进自贸区张江片区，探寻企业当前遇到的最迫切的难题。

“我们发现，一些孵化器作为培育科技创新型企业的摇篮，在帮助企业进行注册地登记时，遇到了一些障碍。”因许多初创企业只是租用孵化器的一间办公室，甚至是一个工位，在注册登记时，往往需要使用其他集中登记地，出现了登记地址和办公地址不符的情况，对后续开展业务带来不利影响。徐敏提出建议，未来希望通过工作室的推动，帮助创新企业实现在孵化器内的集中登记。

“此外，我们还发现，许多企业的‘急难愁’往往发生在注册之前。如何把一个创业想法变成一个落地的企业，这让很多创业者感到困扰。”工作室把提前服务的思路与浦东新区企业服务中心服务企业的举措相结合，今年 4 月，一个叫作“一帮到底”的窗口应运而生，这个特殊窗口解决了企业注册前期的政策和流程辅导问题。“我们希望通过工作室的设立和实践，让改革更有力度，服务更有温度，贴近企业需求，实现精准服务，也为上海自贸试验区的建设奉献一臂之力”，徐敏说。

改革要靠实干　成绩要看数字

2019 年 1 月 6 日 / 来源：《新民晚报》/ 作者：张炯强

市委宣传部、市教卫工作党委、团市委共同主办的“改革先锋进校园”主题宣讲活动昨天下午在复旦大学举行，旨在深入学习宣传贯彻习近平总书记在庆祝改革开放 40 周年大会上的重要讲话精神和习近平总书记在上海考察时的重要讲话精神，更好发挥先锋榜样的示范引领作用。

宣讲会上，改革先锋、基础教育改革的优秀教师代表于漪，改革先锋、港口装卸自动化的创新者包起帆，党的十九大代表、浦东新区市场监管局注册许可分局党总支副书记徐敏，全国劳动模范、上海地铁第一运营有限公司人民广场站站长熊熊等 4 位先进模范代表，与复旦学子分享改革开放的伟大历程和上海创新发展的精彩过程。全市高校和中小学校师生收看宣讲活动的视频直播。

于漪

回顾 40 年基础教育改革

“改革开放 40 年来取得的成就，靠的是我们每一个普通社会成员，拼搏、奋斗”，年近九旬的于漪坚持站立完成了整个演讲，她回忆参加庆祝改革开放 40 周年大会的场景，回忆起习总书记的讲话，40 年来在基础教育领域改革的往事刹那间涌上心头。当时，教材尚未恢复。于漪老师坚持在一次演讲比赛中采用高尔基的《海燕》，因为，“海燕叫喊着，飞翔着……它深信，乌云遮不住太阳——是的，遮不住的！”她吟诵着，依然铿锵有力。

熊熊

400 多个地铁站建厕所

改革靠的是一个个改革先锋的实干，成绩则要看数字。地铁人民广场站站长熊熊走上讲台问大家：“上海地铁有 25 年了，知道最大的变化是什么吗？”熊熊随即拉出一张地铁公共厕所的照片，“上海地铁在最初的时候，是没有厕所的。这几乎是全世界地铁的难题”，当时的数字是零，而现在，上海 400 多个地铁站，每一个都拥有了厕所。

如今，熊熊的服务改革升级。她带领团队成立了“3D 服务”创新工作室，还利用微信为大众服务。她所在的人民广场站日均客流 80 万人次、极端客流 110 万人次，算是世界纪录，而在这一空间，她又取得了一个零的突破：建立了音乐角，交响乐、钢琴、小提琴在此交替上演，演出场次已经突破 500 场。

徐敏

见证自贸区 100 多项新政

徐敏的演讲 PPT 上有更多的数字。她在浦东新区的一个企业注册窗口一干就是 24 年，正好也见证了浦东开发开放的全过程——2013 年我国首个自贸试验区的建立，2014 年的注册资本登记制度改革实施，2015 年的市场准入便利化双十条推行，2016 年的企业简易注销、证照分离“双告知”的率先试点、名称登记制度改革试点，2017 年浦东新区“全网通办”“单窗通办”工程启动等。在徐敏看来，随着市场经济的发展和各项改革的深入，各类投资主体在股权变更、设立登记、经营范围等方面遇到的问题也越来越复杂。“我们要尽快为企业完成注册，做好服务，同时还要积极创新。”

演讲中，徐敏拿出了浦东招商的成绩单：1200 多平方公里区域内，注册企业已达 41 万多家，其中内资企业 28 万多家；而在 2013 年前，浦东注册企业数量仅 12 万多家。徐敏说，这得益于国家给予诸如企业注册制等政策。当然，也有她和同事们的努力：浦东市场监管局在

2015年自贸区扩区后，形成了100多项改革新政，市场准入创新制度占到40%，有近20项为全国率先，并在全市、全国复制推广。

包起帆

完成130多项技术创新

“抓斗大王”包起帆讲述了自己从一个码头工人的技术革新到科技发明获奖无数的经历和故事。20世纪70年代，包起帆曾调到上海南浦港务公司机修车间工作，专门负责修理码头上的起重机。经过近3年的艰难攻关，包起帆研究出一套完整的“木材抓斗装卸工艺系统”。

随着包起帆创新团队的不断壮大，他们所取得的成绩让世界为之惊叹。30多年来，包起帆与同事们完成了130多项技术创新，其中3项获得国家发明奖，3项获得国家科技进步奖，18项获得省部级科技进步奖，30项获得日内瓦、巴黎、匹兹堡、布鲁塞尔、北京等国际发明展览会金奖。包起帆用自己的数字告诉学子们，改革创新并不遥远，只要热爱工作、充满工作热情，终会获取成功。

“有力度”的改革　“有温度”的服务

2019 年 4 月 14 日 / 来源：《新民晚报》/ 作者：宋宁华

2018 年 1 月 8 日，浦东新区市场监管局发布了优化营商环境“二十条”，作为优化政务服务、提升企业感受度举措之一的“徐敏创新服务工作室”也正式揭牌。“担纲领衔”工作室的，正是在注册一线工作了 25 年的“老法师”——党的十九大代表徐敏，她带领着浦东市场监管局注册许可分局的 11 名青年骨干，每天为如何更好服务企业奔波忙碌。

“我们的工作室成立满一周岁啦！”最近，在浦东新区企业服务中心，一间仅 20 多平方米的工作室里，工作室带头人、党的十九大代表、浦东市场监管局注册许可分局党总支副书记徐敏，和她的“小伙伴”们一起过了个“混搭”的生日。“我们团队最年轻的是 1994 年出生的，平均年龄才 30 岁出头。”徐敏笑着说。

近日，记者在徐敏工作室看到，离开了注册窗口一线，“从台前转到幕后”的她专心于研究服务工作，“我觉得发挥作用的舞台更大了。”

“梦想合伙人”

在去年工作室成立后不久，上海外高桥造船有限公司向浦东市场监管局提出增资、股权变更申请。“徐敏创新服务工作室”成员了解到，为完成定向增发及上市公司的资产结构重组，该企业计划于2月26日前完成增加注册资本、调整股东结构等各类变更。申请时间与计划时间仅有3天，“徐敏创新服务工作室”按照浦东推出的企业登记“1+1+2”办理模式，派工作室骨干成员专人指导，帮助修改申请材料，当日就完成了申请案的受理及核准，并当场核发执照。企业申请人事后表达感谢说：“如果没能及时拿到新的营业执照，就会造成企业重组失败，损失无法估量。在工作室成员的热情服务下，我们顺利地当天办结，切实感受到了浦东的速度和温度。”

而在互联网教育创业基地“蚂蚁创客小镇”，许多孵化器中的创业者都认识徐敏，因为每隔一段时间，徐敏总要带领工作室成员来到创业园开展十九大精神、市场监管政策宣讲。每次结束后，许多创业者总会“拖住”徐敏，咨询各种问题，纷纷要求留电话、加微信。每走一个点、参加一个活动，徐敏就会建一个微信群，将工作室延伸到了网上，逐渐地形成了工作室24小时服务机制。有的创业者不由感慨：“她是我们的‘梦想合伙人’！”

贴心“店小二”

浦东是改革开放的热土，也是创新创业的热土。中央交给上海三项新的重大任务，也为浦东新一轮发展提出了更高要求。如何保障改革举措更好落地、服务企业当好贴心“店小二”？徐敏深知，“小窗口见证大发展”，企业注册登记的便利与否，直接影响到企业对政府服务和营商环境的印象。

上海交大知识产权管理有限公司，主要负责将上海交通大学的科技成果转化成产品后投放市场。企业听闻自贸区率先实施“医疗器械注册人制度”，允许医疗器械注册人直接委托上海市医疗器械生产企业生产产品，可将已经取得的大量科研成果直接有效转化为市场价值，便决定将企业迁移至张江科学城。在办理迁移手续时，因存在后续申请“医疗器械注册人”诉求，需更改营业执照的经营范围和住址。

获悉情况后，“徐敏创新服务工作室”专门指派张江办事处业务骨干为该企业提供细心专业的讲解和辅导，并开辟“绿色通道”，帮助该企业解决相关变更难题，并当日核发了营业执照。

人生成长“导师”

“要呵护创业者梦想，让创业梦想落地开花”“服务企业要不设路障设路标”……徐敏创新工作室的业务骨干们总能说出一两句徐敏的“金句”。在他们眼里，徐敏既是工作上的领导，也是人生成长的导师。

工作室骨干之一的王鑫跟随徐敏的时间只有一年多，但对这位“导师”已产生了由衷的敬佩，对窗口注册工作也有了改观。在加入工作室以前，王鑫对登记窗口的理解一直停留在“企业提出申请一窗口受理”的单一模式，对企业的成长并不熟悉。但徐敏却提出开展大调研工作，带领工作室团队深入企业，实地走访。这让王鑫对登记窗口有了重新认识，原来窗口服务不能局限于小小的窗口内，而是要转变思路，树立“有限职能、无限服务”理念，走近企业，把具体工作做实做细。

作为工作室带头人，徐敏深深感到自己肩上的责任比以前更重。在解决企业需求的同时，工作室还要总结调研，在面上推动形成复制推广。同时，工作室还积极参与打造企业登记标准体系，从申请要件的标准化入手，通过提取后台的审批要素，为申请者在准备材料时提供更明确的指引，让企业真正做到“最多跑一次”，“最好不见面”。

做“创业蚂蚁”们的“梦想合伙人”

2019年4月15日 / 来源：《解放日报》/ 作者：杜晨薇

三年前的一天，一名年轻的创业者带着一叠材料独自跑去了浦东新区的注册窗口，他的目标是注册一家与医药研发相关的企业，可注册地却是孵化器里的一张工位。其时，这里还没有出现过用工位登记的先例，幸运的是，他遇到了徐敏。这个身材瘦削、性情温和的女注册官没有一口回绝，而是来到了创业者的工作现场“问诊”，详细了解对方的实际需求。最终在徐敏的帮助下，这家公司得以顺利注册，这也成了浦东新区“工位登记”注册企业的第一例。

而今，随着以浦东市场监管局注册许可分局党总支副书记徐敏命名的创新服务工作室成立，越来越多的企业体会到了这份“幸运”。过去一年多里，徐敏带着工作室10名年轻的注册官深入一线，调研走访企业500多家，开了30余场座谈会，解决了600多个企业实际需求，让市场主体真切感受到浦东新区的温度与速度。

保障创新因子走得更远

互联网教育创业项目“蚂蚁计划”，在上海建立9个蚂蚁创客空间和1个蚂蚁教育小镇，服务上万名有梦想的年轻创业者。在“蚂蚁计划”发起人于杰眼中，每一个梦想实现的背后，都离不开徐敏的帮助，“她是我们的梦想合伙人”。

最初得知于杰在为一个个“小微”项目提供服务，徐敏主动提出要给予帮助，并成了“蚂蚁小镇”的“常客”。某天，80后台湾姑娘陈乃绮带着她的科普教育计划来到“蚂蚁小镇”，想尽快设立一家教育培训机构。没想到的是，按照政策，教育机构审批要求比预想的严格，申请流程漫长、手续繁琐，让陈乃绮几乎放弃。于杰不忍心，便赶忙来找徐敏。

审阅了创业者的申报材料后，徐敏认可了女孩的教育理念和创意思路，“但政策底线不能碰，我们可以换个思路来解决问题。”徐敏提出建议，可以把设想的B2C模式，转为B2B模式，成立一家科技教育公司。而今，陈乃绮得偿所愿，她注册的“上尚文化”已成为集科学、技术、工程、艺术、数学等多学科融合的综合教育机构。

徐敏告诉记者，浦东新区的中小企业非常多，这意味着新的业态、新的创意也非常多。“我们应该把着力点放在小微企业上、放在对未来发展有引领作用的产业中，尽可能帮创业者清除‘路障’，让他们对未来充满信心。”开篇提及的那家幸运的创业公司，如今就落户在浦东张江衍禧堂。这是一家专注于生物医药行业的老牌孵化器，里面集聚的希望以工位作为注册地的小微项目有不少。

最初收到企业工位登记的申请时，徐敏还有些不能理解。可当她看到这家孵化器后明白了，很多创业者凭着一身技术就可以成就一片未来。“他可能并不需要租一间办公室，甚至连一个工位都不需要，如果能实现工位登记，就可以大大减少初创成本，保障这些创新因子能够走得更远。”那段时间，徐敏多次带队到孵化器走访，与管理方、初创企业座谈，开展可行性研究，并多次向市级审批部门汇报。最终，浦东新区市场监督管理局以在张江试点“工位登记”的方式帮助企业完成注册。

到离企业最近的地方去

“改革更有力度、服务更有温度，贴近企业需求、实现精准服务”，位于浦东新区企业服务中心内的徐敏创新服务工作室墙上，两句简短的宣传语赫然醒目。2018 年 1 月 8 日，浦东新区市场监管局 2018 年优化营商环境“二十条”发布，作为其中优化政务服务、提升企业感受度举措之一，“徐敏创新服务工作室”正式揭牌。成立后一年多时间里，徐敏和工作室另外 10 名年轻的注册官常常在这间 20 多平方米的工作室里接待企业，细致聆听他们的问题。但更多的时候，他们会走出去，走到离企业更近的地方。

去年12月25日，徐敏带领着工作室成员走进了位于张江的上海优读信息科技有限公司。这是他们一年来细致调研过的500余家企业之一。公司创始人汪远根向徐敏诉苦：企业自主研发的软件平台已经出炉，却偏偏卡在公司注册、名称审核这个环节。徐敏在听取介绍中敏锐地捕捉到，这家致力于解决消费端和企业财务报销端的打通、电子发票诞生后的查伪、查重复报销等问题的创业公司很有想法，应该尽快帮助解决企业难题。

调研结束后，徐敏立即与市局注册处沟通协调，一方面上传书面的公司运作情况说明，另一方面积极安排优读公司到市局现场路演，最终帮助企业申请到了符合公司需求的名称。事后公司特地给徐敏及工作室寄来感谢信："是你们一点一滴专业、细致、务实的工作，创造了上海这么好的创业、经营环境……"

整个2018年，徐敏和工作室里的其他小伙伴几乎都在企业身边。除了家家户户的调研，还开了30余场座谈会。徐敏说，只有走到企业身边，才能真正明白他们的创业项目对市场的意义；看到冷冰冰的营业执照背后，那一个个充满激情的团队；了解经营范围那几个简单的字眼背后，市场经营主体在释放着多么强大的生产力。

倡导"无限成长"模式

"在我们创新服务工作室，10名骨干的平均年龄只有30.4岁。"每每提到工作室的小伙伴们，徐敏总是一脸骄傲。尽管年轻人总说“跟着老法师学到不少”，可在徐敏眼里，每一个小伙伴都是她最好的老师。“我是个 60 后，我们这一代人，肯干的多，可是现在的 80 后、90 后，则是能干的多，他们做事的思路、理念总是能让我耳目一新。”

不过，因长期从事窗口登记工作，工作形式单一，青年干部对企业成长认知生疏。为了进一步培养年轻力量，工作室成立专项工作小组，采取蹲点、体验、联合方式，对浦东新区内张江、金桥、临港、高桥地区孵化器企业开展走访，让青年干部从中了解如何与企业交流沟通，如何倾听企业发展需求、与企业共同探求进一步发展良策。

工作室成员王鑫告诉记者，在加入工作室以前，他对登记窗口的理解一直停留在“企业提出申请—窗口受理”的单一模式，对企业的成长并不熟悉。开展大调研工作后，徐敏带领工作室团队深入企业，实地走访，了解企业生存现状，听取企业各种需求建议。“这让我对登记窗口有了重新的认识，原来窗口服务不能真的把自己局限于小小的窗口内，而是要转变思路，树立‘有限职能、无限服务’理念，走近企业，充分尊重、了解企业心中意愿，帮助有需求企业，把具体工作做实做细。”王鑫说。

让成员张晓彤最“受益”的，则是工作室倡导的“无限成长”模式。“我刚加入工作室时，徐老师就告诉我要对自己的成长负责，不要只专注固有的知识，随后就给了我两本很厚的法律法规书籍，并告诉我随时可以去找她，还说工作室是一个很好的平台，业务骨干都是来自各个科室的精兵强将，可以跟他们学业务。”张晓彤说，自此以后，自己有了坚实的“后盾”。

工作室成立以来，通过徐敏等老一辈市场监管人的言传身教，一大批青年干部、优秀人才已逐步成长为浦东新区市场监管工作的中流砥柱。“未来，我们仍将一起努力，切实提升服务效能，为浦东营商环境优化问诊把脉。”徐敏说。

让营业执照申请人感受有温度的政府服务

2019 年 4 月 15 日 / 来源：《文汇报》/ 作者：唐玮婕

在浦东新区市场监管局，有一支由 11 人组成的“徐敏创新服务工作室”，这是为营业执照而生的攻坚小分队。成立一年多来，他们服务数百家企业，用耐心、巧心、真心解决近 600 个关于市场准入的急难问题。工作室带头人、党的十九大代表徐敏坚守注册一线 25 年。如今，刚刚从注册窗口前台转到研究服务的后台，她觉得自己要做的事情更多了：为了实地跑企业更方便一些，50 多岁的她特意跑去学开车；为了和年轻创业者多沟通，她在手机里建起一个又一个微信群，第一时间回复各种疑问……

只要和这支团队打过交道，小到个人独资、创业企业，大到国企、央企，都会感叹浦东速度和温度的“不一般”。工作室墙上的一份感谢信这样写道：“感谢你们务实的工作态度、不偏不倚的专业坚持、高效的工作效率，让我们创业者、经营者信心满满！”

专解疑难杂症，服务企业当好贴心“店小二”

在互联网教育创业基地“蚂蚁创客小镇”，孵化器中的创业者都认识徐敏。原来，每隔一段时间，她都会带着工作室成员来到创业园，围绕市场监管政策等各种主题开展宣讲。宣讲之余徐敏还有一个习惯：建个微信群，在线上答疑，逐渐形成工作室 24 小时服务机制。

事实上，经过这些年浦东持续在商事登记制度上的改革突破，市场准入门槛已大幅度降低，而企业注册要是碰上问题，几乎都是些“疑难杂症”，解决起来难度可不小。

就在去年底，专注财税软件开发的互联网创业公司——优读科技想要申请注册一家新的子公司，当来到张江科学城企业注册窗口时，却发现因为新名称含有“报账”二字，无法通过审核。这下优读科技的办事人员急了：公司开发的产品就叫“微报账”，已经在行业中积攒起一定知名度，如果子公司名称改动，可能会影响到后期的市场开拓。

徐敏立马带上团队实地走访，然后安排联络市局注册处和企业面对面沟通，很快达成共识：“行业名称不能用，这个底线不能破。但是，可以想办法找一个合适的词来替代。”

于是，大家又群策群力，拿出了一个符合公司需求的方案，新名称“微宝账”申请被当场核准。优读科技副总经理刘玉梅告诉记者，“这一字之改，不仅没有影响我们起名字的初衷，而且让注册得以顺利通过。”

贴近企业需求，实现精准服务，这样的案例几乎每天都在“徐敏创新服务工作室”发生。

有开先河的闯劲，更能沉下心推动改革复制推广

成立工作室之后，徐敏最常跑的地方就是大大小小的“孵化器”。她告诉记者，这些平台上培育着的幼苗，很可能在未来长成参天大树，“要呵护创业者的梦想，因为创新服务有时产生的价值不可估量”。

上海衍禧堂企业管理有限公司是成立于2008年的国家级医疗孵化器，目前在孵企业100多家。衍禧堂总经理翟靖波和徐敏第一次相识在2016年。当时，一位创业者由于地址填写的是孵化器的工位而注册受阻。因为企业要去新注册，只能按照产权备注信息以楼层为单位申请登记。

几经辗转，翟靖波找到徐敏。没有推脱、没有回绝，徐敏和团队直接到现场“问诊”。在了解到创业者的实际需求及孵化器现状之后，她多方沟通协调，提出了具体建议——产权人可以通过对楼层整体进行物理分割的形式进行注册，最终顺利拿到了营业执照。这一次尝试为浦东新区“工位登记”制度开了先河。

一直到现在，翟靖波和孵化器内的企业遇到什么问题，第一个想到的就是徐敏。“去年开始，我们尝试办共享实验室，徐老师会结合相关政策为我们出谋划策。”翟靖波说。

闯出首创项目固然令人欣喜，徐敏和她的团队还想更进一步：让改革突破在面上形成复制推广。结合“开办企业问题目录清单”，工作室还在积极参与打造企业登记标准体系，从申请要件标准化入手，通过提取后台的审批要素，为申请者在准备材料时提供更明确的指引，真正做到让企业“最多跑一次”。

在工作室经历成长，服务企业不局限于小小窗口

去年，徐敏开始专心于工作室的研究服务工作。尽管离开了注册窗口一线，但她仍是大忙人一个，整天在奔忙。按照她的话来说，“和这群优秀的年轻人一起工作，我深深感到自己肩上的责任比以前更重了”。

“新兵”张晓彤把徐敏当成是“我们的家长”。“我刚加入工作室时，徐老师就告诉我要对自己的成长负责，不要只专注固有的知识，随后就给了我两本很厚的法律法规书籍，并告诉我随时可以去找她，还说工作室是一个很好的平台，业务骨干都是来自各个科室的精兵强将，可以跟他们学业务。”张晓彤说，这对刚踏上工作岗位的新人来说是一件非常暖心的事，感觉自己有了坚实“后盾”。

业务骨干之一的王鑫尽管与徐敏共事只有一年多，但对这位“老法师”是心服口服，对窗口注册工作的认识也有了变化。

加入工作室以前，王鑫对登记窗口的理解一直停留在“企业提出申请一窗口受理”概念上，对企业的成长并没多想。大调研展开后，徐敏

带领团队深入企业，实地走访，了解企业生存现状，听取各种需求建议。这让王鑫对登记窗口有了新的认识，原来服务不能把自己局限于小小的窗口之内，而是要转变思路，树立“有限职能、无限服务”理念，走进企业，充分尊重、了解企业心中意愿，帮助有需求的企业，把具体工作做实做细。

王鑫说，“是她对这份工作的热情执着让我原本浮躁的心安定下来。既然选择了这份工作，就要有责任感，要以昂扬向上的精神状态对待工作，让每一位申请人都感受到行政服务的温度。”

团队小传

2018年1月，浦东新区市场监管局优化营商环境“20条”发布，作为其中优化政务服务、提升企业感受度举措之一的“徐敏创新服务工作室”正式揭牌。“担纲领衔”的正是在注册一线工作25年的“老法师”、十九大代表徐敏。

徐敏带领浦东新区市场监管局注册许可分局的十名年轻骨干，以“努力打造谋划制度创新‘前沿阵地’，浦东新区创新创业投资者‘良师益友’”为目标，每天为服务企业而奔忙。这支团队紧密结合大调研，采取实地走访、问卷调查等方式，面对面倾听企业心声。工作室成立一年多来，已解决近600个企业注册相关的“疑难杂症”，还撰写了多份调研报告，为市场准入改革创新举措提出前瞻性建议。

培养骨干当好企业政务“店小二”

2019 年 4 月 15 日 / 来源：《青年报》/ 作者：郭颖

去年 1 月 8 日，浦东新区市场监管局 2018 年优化营商环境“二十条”发布，作为其中优化政务服务、提升企业感受度举措之一的“徐敏创新服务工作室”也正式揭牌。“担纲领衔”工作室的，正是在注册一线工作了 25 年的“老法师”、党的十九大代表徐敏。

一年多过去了，如今，徐敏带领浦东市场监管局注册许可分局的 10 名年轻骨干，每天为如何更好地服务企业奔波忙碌着。

能干 + 肯干率领团队 10 名青年骨干

“想要干成事业，需要具备两个条件，能干还有肯干，我们的团队小伙伴把这两点融合在了一起。”徐敏向青年报记者介绍说，“我们这个团队以 80 后业务骨干为主，也有 90 后，最小的出生于 1994 年。他们基本都是本科以上学历，其中有 4 个还是研究生，有人还取得了律师资格。”徐敏欣慰地说道，“年轻人一出手就是一个思路，有时候一个好的思路就成功了一半，在他们身上我也学到了很多”。

工作室成员王鑫说，在加入工作室以前，自己对登记窗口的理解一直停留在“企业提出申请一窗口受理”的单一模式，对企业的成长并不熟悉。而徐敏却提出开展大调研工作，带领工作室团队深入企业，实地走访，了解企业生存现状，听取企业各种需求建议，让大家看到一张张营业执照背后的梦想、理想、激情。

“这让我对登记窗口有了新的认识，原来窗口服务不能真的把自己局限于小小的窗口内，而是要转变思路，树立‘有限职能、无限服务’理念，走进企业，充分尊重、了解企业心中意愿，帮助有需求的企业，把具体工作做实做细。”王鑫举例道，在一次走访过程中，多家孵化器平台负责人都提到场地不足登记有限的问题。企业在新注册时，往往认为只能按照产权备注信息以楼层为单位来登记，故造成可供注册使用的办公场地极度匮乏，但实际上很多企业只是租用了其中一个工位进行办公。“徐敏老师对此提出建议，产权人是可以通过对楼层整体进行物理分割的形式来注册的，未来还将进一步推动孵化器‘工位登记’新模式来帮助企业登记，让更多的创业者在孵化器平台落地生根。”

而在工作室成员卢艳秋的眼中，无论是在登记注册岗位上还是现在的工作室，徐敏对所从事的职业始终怀有一颗崇敬热爱之心，对其经管的具体事务一丝不苟、亲力亲为。从工作室创建初期的建章立制、筹划布局、立意分工，到目前已纳入日常的定期例会、理论学习、走访调研等，徐敏都是每一项工作的设计者、参与者，并身体力行，从不懈怠。

“每一次开会，徐敏老师都是第一个到场，充分准备，为我们解读、传达国家和市里重大会议的内容和精神，为我们解答工作中遇到的困难和问题，为我们疏解心理上的情绪和困惑。”卢艳秋介绍说，尽管工作室只成立了一年多时间，但所取得的成绩有目共睹，对内已连续两年承担了分局主要的调研任务，所撰写的调研报告受到浦东区政府的重视和采纳；对外走访企业数十家，实际解决企业问题上百个，多次受到企业的表扬和赞誉。

“报账”变“宝账”助力企业审核通过

新年伊始，徐敏收到了一封感谢信。这封感谢信来自上海优读信息科技有限公司。上面写道：“感谢你们务实的工作态度、不偏不倚的专业坚持、高效的工作效率，让我们创业者、经营者信心满满！”

据悉，优读科技于2013年落户张江高科技园区，是一家专注财税领域，为企业经营提供差旅集中预定与结算、费用报销、过程费用管控软件和解决方案的互联网公司。去年11月，随着优读科技业务快速拓展，准备申请注册一家新的子公司。当他们来到张江科学城企业注册窗口进行申请时，却因为新公司名称含有“报账”二字没有通过审核。

当时，接待优读科技的窗口工作人员孙慧苓，耐心地解释了原因：

优读科技申请注册的子公司名称是“上海微报账数字科技有限公司”，但是按照注册政策规定，“报账”二字是财税专有名词，不可以用来作为公司名称去注册。

这下，优读科技的办事人员急了，讲述了子公司命名的原委。原来，公司开发的产品“微报账”，是一款微信上报账电子发票的软件。经过几年的运营，这款软件已经在行业中小有知名度，因此希望从软件著作权的产品名称、域名登记到企业字号都保持一致。如果子公司名称改动，可能会让客户误解这个产品不是该公司研发的，进而影响到后期的市场开拓。

了解到这一情况后，徐敏非常重视。经过几次电话沟通后，她建议优读公司递交一份情况说明书，并率队到优读科技公司进行调研。当天优读科技对这款产品的应用进行了现场演示。徐敏评价道，优读科技的这款软件产品，在整个报销环节融合解决了消费端和企业财务报销端的打通、电子发票诞生后的查伪、查重复报销等问题，真正实现企业内部财税管理的无纸化办公。

今年1月9日，在徐敏、孙慧苓的陪同下，优读科技的相关人员来到上海市工商局。市局为了优读科技子公司注册的事情开了一次专题座谈会。大家讨论下来的结果是：“行业名称不能用，这是国家政策，这个底线不能破。但是，大家可以想办法换一个合适的词来替代。”最后，决定取谐音，将“报”改为“宝”。

当天，在上海市工商局的推动下，“上海微宝账数字科技有限公司”通过了预审核名；1 月 18 日，这家新公司就拿到了营业执照。目前，微宝账上线运营已 3 个月，服务近 30 万个人用户，8000 多家中小微企业。

“金牌顾问”为三林镇招商引资

今年初，浦东三林镇企业服务中心挂了一块新牌匾——“企业家门口服务中心”。除了大厅专设的“企业窗口”可以随时为企业提供注册、咨询等各类服务外，“徐敏创新服务工作室”团队也定期上门为企业提供服务。

“从浦东开发初期至今，徐敏一直是我们三林镇的‘金牌顾问’，为企业解决了不少难题。可以说，我们的招商引资背后也有她的一份功劳。”三林镇企业服务中心部门经理丁仁忠说。

1993 年，开发开放初期的浦东，首要任务就是招商引资。当时，丁仁忠在三林镇项目办公室负责招商工作，经常跑的地方就是位于川沙的浦东工商一分局注册窗口。

去的时候一脸愁容，回来的时候满脸微笑，因为他在窗口碰到的是徐敏。

浦东新政策不断推出，吸引全国各地企业来投资落户。但企业在注册成立过程中，经常遇到各类问题，比如：企业经营范围表述不规范、企业提出的分类界限模糊……丁仁忠说：“如果这些问题不及时解决，就会影响到企业注册的时间，甚至会让一些企业因此而放弃落户浦东。”有些企业遇到的问题，注册窗口往往也是第一次接触到，但丁仁忠并没有听到“不”。

“那时候的徐敏才30岁出头，接待我们时总是有问必答，特别有耐心。遇到一些难题，她当场不能回复的，事后请教前辈、领导或者查阅资料后，再给我们回复或提出解决问题的建议。”丁仁忠回忆道。

2002年，徐敏调到浦东工商局本部窗口工作后，服务的企业更多，但服务态度却没有改变，依然保持着热心、耐心、细心。

让丁仁忠印象深刻的是，这些年陆续有多家企业都是徐敏推荐到三林镇落户的。原来，碰到企业到窗口咨询注册地时，徐敏总是根据企业经营项目，向他们推荐适合的落户区域。

“徐敏心中有个地图，对于浦东哪个区域重点发展什么产业都了如指掌，所以才能向企业推荐合适的注册地、落户地。而她的建议，不仅让一些原本犹豫不决的企业下决心留在浦东，也让企业找到了适合自己的地方。”丁仁忠评价道。

三林镇虽然处于城乡接合部，却吸引了众多企业在此落户，其中甚至有多家产值上亿元的大企业。“因为我们有注册登记窗口专门为街镇招商引资开辟的‘绿色通道’，切切实实节省了企业注册时间，优化了营商环境。”三林镇企业服务中心副总经理陆耀平说。

2006年4月21日，百安居正式落户三林镇，其注册过程走的就是“绿色通道”。

以前，外资企业起码要花半个月时间才能实现真正落户。注册许可分局的“保姆式服务”，让百安居从申请受理到拿到营业执照，只花了一天的时间。

去年年底，三林镇企业服务中心特设 3 个企业服务窗口、2 个社会服务窗口，让企业与市民可以在不同窗口办事，“徐敏创新服务工作室”的工作成员作为特色服务指导者，定期来到这里，为企业答疑解惑，使企业不再走弯路，提高了办事效率。

“徐敏对工作有满满的创新因子，遇到问题请教她，总能想出办法，她是我们最信任，同时也是最感恩的人。”丁仁忠说。

梦想合伙人在增加 “徐敏们”在成长

2019 年 5 月 30 日 / 来源：《新民晚报》/ 作者：宋宁华

“商事制度改革”、“证照分离”改革、深化“放管服”改革……如今许多与这些词汇相关的创新举措，从浦东发端、在上海推广，进而被复制到全国。徐敏就是这些改革创新举措的践行者，也是政府部门“金牌店小二”的典型代表。

昨天，“我与共和国共奋进”徐敏同志先进事迹报告会在上海展览中心举行，徐敏不忘初心、充满激情的奋斗故事引起强烈反响。

贴心向导

“如何倾听企业呼声，设身处地为企业着想，当好‘金牌店小二’？徐敏的先进事迹给了我很大启发。”浦东新区市场监管局度假区分局基层干部刘衎聆听了报告会后告诉记者。

在上海自贸区企业服务中心，几乎每个窗口都摆放着这么一个标志牌："只说 YES 不说 NO"。这是从徐敏团队的工作中总结出的理念。除了"只说 YES 不说 NO"，还有"不说不能办，只说怎么办"……一系列服务"金句"成为上海自贸区所有窗口工作人员的座右铭。

在报告会上，上海沪江教育科技有限公司党委书记、"蚂蚁计划"发起人于杰作了题为《我们的"梦想合伙人"》的报告，上海优读信息科技有限公司副总经理刘玉梅作了题为《企业的"贴心向导"》的报告，他们从企业的视角，讲述了徐敏开拓创新、追求卓越的精彩故事。

梦想合伙人

报告会的第一位分享人于杰，与徐敏的相识缘起于一张特别的代表证。两年前，上海市第十一次党代会隆重召开，徐敏和"蚂蚁计划"发起人于杰同为党代表，在会场上相遇了，一位是互联网教育领域率领"蚂蚁雄兵"的领军人，一位是为创业者服务的"金牌店小二"，两人一见如故。于杰把这次相逢形容为："在党代会上找到了梦想合伙人！"

后来，在互联网教育创业基地"蚂蚁创客小镇"，许多孵化器中的创业者都慢慢认识了徐敏。因为每隔一段时间，徐敏总要带领工作室成员来到创业园开展宣讲。每次结束后，许多创业者总会"拖住"徐敏，咨询各种问题，纷纷要求留电话、加微信。每走一个点，徐敏总会建一个微信群，将工作室延伸到了网上，逐渐地形成了工作室 24 小时服务机制。

“徐敏们”在成长

如今，徐敏正变成“徐敏们”。2018年，“徐敏创新服务工作室”成立，一根红色飘带串起了政府与企业，“改革更有力度、服务更有温度、贴近企业需求、实现精准服务”，一批“徐敏们”正成长起来。

年轻的浦东市场监管局工作人员顾伊菲也现场聆听了报告会，她告诉记者，自己在窗口一线工作，“徐老师会为每一位进来的新人指导，碰上疑难杂症，她还会专题仔细研究，寻找最好的解决办法。”报告会上，徐敏创新服务工作室成员季国峰作了题为《“加减乘除”徐敏创新服务工作法》的报告。“随着对徐老师的工作风格越来越熟悉，我们总结出了一套‘徐敏工作法’，简单说就是‘加、减、乘、除’。”“加”就是改革的力度＋服务的温度。“减”就是拆路障，减少企业发展成本。“乘”就是拓展服务空间、放大服务效应，让企业“乘风破浪”。“除”就是消除企业注册中的繁文缛节，排除创业者的艰难困苦。徐敏常说：“‘我们发出的每一张执照不是冷冰冰的一张纸，而是充满热度、厚度、亮度的累累创新成果。’如今，这句话成为工作室全体成员的初心。”

泛黄的字典

在报告会上，记者注意到一个细节，有一本书页泛黄的《新华字典》伴随了徐敏很多年，是她的随身工具。为企业取名，并不是她的本职工作，但是为了让企业少跑路，她总是在这里翻找着最适合的字眼。一次，一绿化企业注册时用的名字未通过，他们意向的名字中有个翠，徐敏在字典中找了“叠”，一般企业用得少，而层峦叠翠的意思，也贴合绿化单位，一下就注册成功了。

昨天，徐敏也来到报告会现场，她说：“我是一个平凡的人，不平凡的是，我植根于浦东这块改革创新的热土，和伟大祖国改革开放的历史进程同频共振。我们行进在探索路上，不断创新。”正如她最喜欢的小诗——《小河的歌》中所写：“我默默无闻/没有人知道我的名字/每天，我缓缓地从山野流过/在太阳和星辰的凝视下/低低吟唱自己的歌……”

徐敏先进事迹报告会举行

2019 年 5 月 30 日 / 来源：《解放日报》/ 作者：王志彦

昨天下午，由市委宣传部、浦东新区区委、市市场监管局党组共同主办的“我与共和国共奋进”徐敏同志先进事迹报告会在上海展览中心友谊会堂举行。来自全市的党员干部代表、市场监管系统干部代表、企业代表、青年代表及社会各界代表约 800 人参加了报告会。

徐敏是浦东新区市场监督管理局注册许可分局（外商投资企业注册分局）党总支副书记、四级高级主办，党的十九大代表。她扎根企业注册岗位 26 年，不断创新服务方式方法，当好“金牌店小二”，创造企业注册领域可复制可推广的“浦东实践”“上海经验”，圆满完成多项改革试点任务。2018 年，“徐敏创新工作室”揭牌成立，成为浦东新区市场监管局优化营商环境重要举措。

报告会上，徐敏作了题为《在平凡中追求卓越，在热土上改革创新》的报告，上海沪江教育科技有限公司党委书记、蚂蚁计划发起人于杰作了题为《我们的“梦想合伙人”》的报告，上海优读信息科技有限公司副总经理刘玉梅作了题为《企业的“贴心向导”》的报告，浦东新区市场监管局注册许可分局法制员、徐敏创新服务工作室成员季国峰作了题为《“加减乘除”徐敏创新服务工作法》的报告，从不同角度讲述了徐敏同志不忘初心、充满激情、开拓创新、追求卓越、甘于奉献的奋斗故事。

报告会前，市委常委、宣传部部长周慧琳会见报告团成员。

掌声为“金牌店小二”响起

2019年5月30日/来源:《解放日报》/作者:王志彦

“我始终觉得,自己是一个平凡的人,但不平凡的是,我在上海工作,植根于浦东这块改革创新的热土,和伟大祖国同频共振。我们的团队因改革而成长,我们的事业因改革而发展。这样的时代,让我有机会在注册岗位上,如水滴、如浪花、如小河般涌入改革的大潮中。”

台上,讲述这番话的是浦东市场监管局注册许可分局党总支副书记、党的十九大代表徐敏。台下,来自上海社会各界的约800人静静聆听,时而爆发出阵阵掌声。昨天,在上海展览中心友谊会堂举行的“徐敏同志先进事迹报告会”,让人们重温了一位“金牌店小二”甘于奉献、追求卓越的奋斗故事。

“一字之改”助企业

政府部门的服务究竟做得好不好，企业说了算。在报告会上，优读科技的行政人力副总经理刘玉梅深情讲述了与徐敏之间的故事。

就在 2018 年底，专注财税软件开发的互联网创业公司——优读科技想要申请注册一家新的子公司，当来到张江科学城企业注册窗口时，却发现因为新名称含有“报账”二字，无法通过审核。这下优读科技的办事人员急了：公司开发的产品就叫“微报账”，已经在行业中积攒起一定知名度，如果子公司名称改动，可能会影响到后期的市场开拓。

徐敏立马带上团队实地走访，然后安排联络市局注册处和企业面对面沟通，很快达成共识，“行业名称不能用，这个底线不能破。但是，可以想办法找一个合适的词来替代”。

于是大家群策群力，拿出了一个符合公司需求的方案，新名称“微宝账”申请被当场核准。刘玉梅说，“这一字之改，不仅没有影响我们起名字的初衷，而且让注册得以顺利通过。”

“加减乘除”工作法

这些年，徐敏变成了“徐敏们”：2018 年“徐敏创新服务工作室”在浦东正式成立，一批“小徐敏”在她的带领下，迅速成长起来。

来自徐敏创新服务工作室的季国峰说，在年轻人眼中，徐敏就是一位良师益友。“我们总结出了属于她的一套工作法，简单来说就是‘加、减、乘、除’”。

“加”就是改革的力度 + 服务的温度。“不管认识不认识的，不论大企业小公司，她总是热情接待，耐心聆听，仔细解答。”

“减”就是拆路障，减少企业发展成本。“面对各种各样的企业需求，徐老师时常要求我们设身处地、换位思考，帮助企业找到解决问题的出路。”

“乘”则是拓展服务空间、放大服务效应，让企业“乘风破浪”。“我们的服务内容从注册许可，逐步扩大到市场监管的其他领域，为企业送上了全生命周期的指导服务。”

“除”则是消除企业注册中的繁文缛节，排除创业者的艰难困苦。“让每一张执照都不再是冷冰冰的一张纸，而是充满热度、厚度、亮度的累累创新成果。”季国峰说，徐敏的这句话已经成为工作室的座右铭。

服务理念之变

徐敏的办公桌上，常年放着一本《新华字典》，这本字典已跟随徐敏走过数十个年头。在报告会上，徐敏自己揭开了字典背后的秘密。多年前，一位来自川沙的企业想取名新川公司，然而发现已经重名，正当老板一筹莫展时，徐敏拿出字典，帮申请人出主意。最后给那家公司取名为欣川，企业很满意。

一件件原本不在徐敏工作范围之内的事情成为了服务的“附加值”。“遇到吃不准的情况，不能简单说‘不行’，而是要尽可能解决问题。”几十年来，徐敏常常加班加点，五十多岁的她干劲丝毫不输年轻人：“我们不仅面向浦东，更是将上海的创新面貌传递给全世界。看到申请人满意的笑容，我就很有成就感！”

徐敏的故事让许多从事市场监管工作的听众深受启发。来自浦东市场监管局度假区分局的刘衎说，“我们每一个人都应该像徐老师那样，始终从企业的角度考虑问题，在为企业服务上多下功夫，争取成为一名‘金牌店小二’。”

徐敏：让“蚂蚁雄兵”不断壮大

2019年5月30日 / 来源：《文汇报》/ 作者：唐玮婕

浦东新区市场监管局注册许可分局党总支副书记徐敏的办公桌头总摆着一本《新华字典》，这是她珍藏多年的随身工具——为企业取名，并不是徐敏的本职工作，但是为了让企业少跑路，她总是在这里翻找着最适合的字眼，随时帮助核名碰上问题的企业。

平凡岗位上创造出卓越业绩，正是徐敏身上闪耀出的光芒。在昨天举行的徐敏同志先进事迹报告会上，当主持人拿出这本书页泛黄的字典时，台下的听众无不为这个细节而动容。

急企业所急，解企业所需，“金牌店小二”的故事书写在一张张营业执照上，映照在创业者一张张笑脸上，播撒在改革开放的春风里，镌刻在浦东先行先试、上海当好排头兵先行者的征程上……

“她是我们的‘梦想合伙人’！”

“蚂蚁计划”发起人于杰是报告会的第一位分享人，他与徐敏的相识缘起于一张特别的代表证。两年前的上海市第十一次党代会上，同为党代表的徐敏和于杰一见如故：一位是互联网教育领域率领“蚂蚁雄兵”的领军者，一位是为创业者服务的“金牌店小二”，于杰把这次相逢形容为：“在党代会上找到了梦想合伙人！”

党代会后，徐敏成了蚂蚁孵化基地的常客，每次过来，她都带着企业最需要的“礼物”——新政策的解读、企业调研、现场咨询等。如今，徐敏跟不少创客都加了微信，建立了服务微信群，企业有疑惑，随时都能通过微信或者电话联系到她，真正做到“有求必应”。

2019年3月5日，徐敏带着“创新工作室”的青年骨干们一起来到蚂蚁创客小镇，给入驻在此的创业者们答疑解惑。“那天的交流会从早上9点一直持续到中午12点，创客们还围在徐敏身边不肯离开。”于杰回忆，“他们都感觉整场宣讲会满满的都是干货，还给徐敏起了一个有趣的名字——‘问不倒’。”

三部电话接听次序传递“温度”

在上海自贸试验区企业服务中心，几乎每个窗口都摆放着这么一个标志牌："只说 Yes 不说 No"。这是从徐敏团队的工作中总结出的理念。除了"只说 Yes 不说 No"，还有"不设路障设路标""不说不能办，只说怎么办"……一系列服务"金句"成为上海自贸试验区所有窗口工作人员的座右铭。

徐敏创新工作室成员季国峰在现场分享他与徐敏共事的点滴，"刚到徐老师的部门工作时，我觉得注册许可分局的事项虽然多，但只要上班时间抓紧点，这些文件还是能审批完成的，她为什么每天都在加班呢？观察了一阵，我才发现，原来徐敏的上班时间几乎都是'接待时间'"。

原来，在徐敏桌上有两部电话，一门内线、一门外线，加上她的手机，她对这三个电话的接听次序安排是这样的：内线连接着窗口，打来一定是急事，第一优先；外线号码对外公布，打来的大多是咨询电话，可以排在第二位；手机，通常是熟人或是家人打来，常常被她"冷落"在一边。

"每天慕名来找徐敏的人有很多，经常在她的办公室外排起队来，我们想替她挡驾，却总是被她阻拦——不管认识不认识的，不论大企业小公司，她总是热情接待，耐心聆听，仔细解答，所以她手头的公文批不了几页就会被打断，加班加点成了家常便饭。"在季国峰眼里，徐敏总是"忙并快乐着、忙并自豪着"，在她的带领下，办事窗口让越来越多的企业感受到了政府服务的温度。

她是企业家口中的“梦想合伙人”

2019 年 5 月 30 日 / 来源：《青年报》/ 作者：郭颖

由市委宣传部、浦东新区区委、市市场监管局党组共同主办的“我与共和国共奋进”徐敏同志先进事迹报告会昨天在上海展览中心友谊会堂举行。

报告会前，市委常委、宣传部部长周慧琳会见报告团成员。

徐敏是浦东新区市场监督管理局注册许可分局（外商投资企业注册分局）党总支副书记、四级高级主办，党的十九大代表。她扎根企业注册岗位 26 年，不断创新服务方式方法，当好“金牌店小二”，创造企业注册领域可复制可推广的“浦东实践”“上海经验”，圆满完成多项改革试点任务。2018 年，“徐敏创新工作室”揭牌成立，成为浦东新区市场监管局优化营商环境重要举措，不断加大对新技术、新产业、新业态、新模式的服务力度，助力上海改革发展。徐敏在平凡岗位上创造的卓越业绩，书写在一张张营业执照上，映照在创业者一张张笑脸上，播撒在改革开放的春风里，镌刻在浦东先行先试、上海当好排头兵先行者的征程上，展现了新时代奋斗者的风采。

报告会上，徐敏作了题为《在平凡中追求卓越，在热土上改革创新》的报告，上海沪江教育科技有限公司党委书记、蚂蚁计划发起人于杰作了题为《我们的“梦想合伙人”》的报告，上海优读信息科技有限公司副总经理刘玉梅作了题为《企业的“贴心向导”》的报告，浦东新区市场监管局注册许可分局法制员、徐敏创新服务工作室成员季国峰作了题为《“加减乘除”徐敏创新服务工作法》的报告，从不同角度讲述了徐敏不忘初心、充满激情、开拓创新、追求卓越、甘于奉献的奋斗故事。

青年报记者获悉，为隆重庆祝中华人民共和国成立70周年，以习近平新时代中国特色社会主义思想为指引，广泛开展英雄模范系列主题宣传教育活动，深入推进社会主义核心价值观建设，弘扬上海城市精神，市委宣传部今年陆续举行“我与共和国共奋进”上海市先进典型事迹系列报告会，讲好共和国发展壮大故事，讲好英雄模范奋斗圆梦故事，讲好新时代改革创新故事。徐敏同志先进事迹报告会，是今年的第二场。

侧记

向身边的榜样致敬　不负青春无愧人民

徐敏登上过无数讲台，这次是最大的一个，弥足珍贵。对此殊荣，她感慨万千。

“一个基层窗口的普通工作人员，只是做着自己的本职工作，能受到组织如此的肯定和褒奖，感觉既光荣又汗颜。站在这个我个人一直敬仰的会堂里，面对众多的来自全市的公务人员，感觉就是代表了上海的干部们，每个在改革开放大潮中奋斗过的人，都会产生许多时代共鸣。”徐敏告诉青年报记者，“走下舞台，回归最初的自己，依然做在太阳星辰照耀下的那条默默地努力着的小河，有益于时代需要，不辜负领导和组织给予的莫大鼓励”。

来自全市的党员干部代表、市场监管系统干部代表、企业代表、青年代表及社会各界代表约800人参加了报告会。与会青年纷纷表示，向身边的榜样致敬！大胆闯，不负青春；卖力干，无愧人民！平凡如你我，共谱新华章！

有幸聆听过徐敏参加党的十九大后所做的报告和这次“我与共和国共奋进”徐敏先进事迹报告会，上海市市场监管局机关党委主任科员瞿星表示，自己每次都有不一样的感动和收获。

“徐敏老师在注册岗位坚守26年，全身心投入，由店小二成为企业眼中的‘贴心向导’‘梦想合伙人’，创造了一个又一个‘第一’，生动诠释了把每一件平凡的事情做好就是不平凡，是我们身边的榜样，学习楷模。”瞿星说，泛黄的字典和一本本写满问题和对策的本子让我们感动的同时，更是学到了徐敏老师一丝不苟，精益求精的工作方法和工作态度。我们要号召系统团干部和团员青年向徐敏老师学习，牢记使命，坚守岗位，做新时代充满激情，富于创造的市场监管青年干部，为市场监管事业改革发展贡献青春正能量。

“徐敏老师立足于平凡岗位的一个个小小梦想和大胆设想，是优化上海营商环境、推进改革向纵深发展的润滑剂和助推剂。”上海市市场监管局青年公务员范宇翔认为，“徐敏工作室”每一位小伙伴在注册登记岗位上日复一日地深耕细作，是传承亦是创新，是浦东改革的掠影，亦是上海市场监管人勇攀高峰、争创一流的缩影。

据悉，主办方将在相关网络平台播放报告会实况，进一步在全市营造学习先进、团结奋斗的良好氛围。

徐敏同志先进事迹报告会昨举行

在平凡中追求卓越　在热土上改革创新

2019 年 5 月 30 日 / 来源：《浦东时报》/ 作者：万仁杰、蔡丽萍

昨日下午，由市委宣传部、浦东新区区委、上海市市场监管局党组共同主办的“我与共和国共奋进”徐敏同志先进事迹报告会在上海展览中心友谊会堂举行。报告会前，市委常委、宣传部部长周慧琳会见报告团成员。

徐敏是来自浦东新区的一名“金牌店小二”，浦东新区市场监督管理局注册许可分局党总支副书记、党的十九大代表。她在企业准入的注册窗口，坚守了 26 个春秋寒暑，为千千万万家企业提供注册登记服务。周慧琳在会见时赞扬了徐敏默默耕耘、默默奉献的精神，在平凡的岗位上做出了不平凡的成就。周慧琳指出，徐敏将自身的工作同上海的事业、国家的事业、党的事业结合起来，为上海营造更好的市场环境而不懈努力，体现了上海干部的精神面貌。

报告会上，徐敏以“在平凡中追求卓越、在热土上改革创新”为题，情真意切的演讲打动了听众。她感恩这个时代：“我的成长与浦东开发开放同步，与时代的巨轮同频共振。我是一朵赶上趟的浪花。”

徐敏 1993 年进入原浦东新区工商局，一直奋战在企业注册窗口的第一线，有人会说这份工作枯燥乏味，但徐敏却乐在其中，甚至觉得“意义非凡”。工作 26 年来，徐敏的工作笔记本上记满了各种企业办事的制度、规章、流程以及创新服务举措，这成了她服务企业的法宝。

想企业所想，急企业所急，不断地为企业提供细致入微的服务，徐敏成了企业眼中的“梦想合伙人”。报告团成员蚂蚁计划发起人于杰与徐敏相识于两年前的市十一次党代会，当他邀请徐敏到互联网教育企业扎堆的蚂蚁小镇来调研时，没想到徐敏第二天就带着团队走进了企业。此后徐敏一次次为创业企业送来“礼物”，政策咨询、疑难解答、法规分析，让创业者收获满满。“如果说每一个创业者心中都有一份梦想，那么徐敏就是我们的梦想合伙人。”于杰说道。

另一位来自企业的报告团成员是优读科技的刘玉梅，今年初她向浦东市场监督管理局送来一封长达千言的感谢信，感谢徐敏提供的“一字之助”。

原来这家企业希望注册一家名称中带有“微报账”的子公司，然而由于“报账”二字属于财税专有名词，审核未能通过。这下企业为难了，因为产品已经在推广了，公司名称如果与之不符，将面临不小损失。注册领域的“老法师”徐敏没有轻易说“不”，而是深入企业调研，了解企业对这一名称的迫切需求，同时积极与上海市市场监管局沟通，终于找到了最佳解决方案，将“报”改为“宝”，企业当天就完成核名，很快拿到了营业执照。

在浦东，一批“小徐敏”正快速成长起来，2018年1月，“徐敏创新服务工作室”成立，包括徐敏在内共有11名工作室成员，而平均年龄才30岁出头。“我们的工作范围从原本注册窗口的1平方米，延展到了整个浦东1210平方公里，忙并快乐着，忙并自豪着。”工作室成员季国峰告诉大家，短短一年中，工作室成员调研企业500多户，开展座谈会30余次，还联系走访30余个孵化器。

徐敏和她的伙伴们一直行进在创新的道路上。试点“注册资本分缴制”，让盛东集装箱码头有限公司原本50亿元的资本金缩减为15亿元（其余部分两年内分期缴纳），大大降低了企业的资金压力和融资成本；“商事制度改革”中，推动“工位登记”先行先试，让格子间里办公的初创企业也有了“出生证”；“保姆式服务”重点企业，开通绿色通道、安排专人受理审核，实现了产值上亿元的大型企业一天领证。

恰如主持人在报告会上所评价的，徐敏身上虽没有轰轰烈烈的事业，也没有惊心动魄的故事，但是她用踏踏实实的工作诠释了上海干部的精神特质：充满激情、富于创造、勇于担当。

市委宣传部副部长、市文明办主任潘敏在报告会上致辞，上海市市场监督管理局党组副书记赵英，浦东新区区委常委、宣传部部长唐劲松，浦东新区市场监督管理局党组书记、局长吴伟平等出席报告会。

习近平会见全国“人民满意的公务员”和“人民满意的公务员集体”受表彰代表

2019 年 6 月 26 日 / 来源：《新华每日电讯》/ 作者：张晓松、林晖

第九届全国“人民满意的公务员”和“人民满意的公务员集体”表彰大会 2019 年 6 月 25 日在京举行。中共中央总书记、国家主席、中央军委主席习近平在人民大会堂亲切会见受表彰代表，向他们表示热烈祝贺，勉励他们不忘初心、牢记使命，在本职岗位上作出更加优异的成绩。

中共中央政治局常委、国务院总理李克强，中共中央政治局常委、中央书记处书记王沪宁参加会见。

下午 4 时 30 分，习近平等来到人民大会堂北大厅，全场响起热烈掌声。习近平等同代表们亲切握手，不时交谈，并同大家合影留念。

中共中央政治局委员、中央组织部部长陈希参加会见并在表彰大会上讲话。他说，公务员是干部队伍的重要组成部分，是社会主义事业的

中坚力量。广大公务员要向受表彰的先进个人和集体学习，自觉做习近平新时代中国特色社会主义思想的坚定信仰者、忠实实践者，不忘初心、牢记使命，担当作为、真抓实干，以无愧于时代、无愧于人民、无愧于历史的业绩，为“人民满意”这份崇高而神圣的荣誉增光添彩。

第九届全国“人民满意的公务员”和“人民满意的公务员集体”评选表彰活动是由中央组织部、中央宣传部组织的。大会表彰了192名“人民满意的公务员”和98个“人民满意的公务员集体”。上海市浦东新区市场监管局三级高级主办徐敏、山东省济南市公安局特警支队作训处副调研员张保国、海南省妇联驻保亭县加茂镇共村第一书记隋耀达、中国驻阿富汗伊斯兰共和国大使刘劲松等4名获奖代表分别在会上作了发言。

丁薛祥、黄坤明参加会见。

在太阳和星辰的凝视下

2019 年 6 月 28 日 / 来源：《中国质量报》/ 作者：霍一夫

“我是一个很平凡的人，在上海浦东这块改革创新的热土上，和伟大祖国改革开放的历史进程同频共振，让我有机会在改革前沿阵地的注册岗位上，如水滴、如浪花、如小河般涌入改革的大潮，如同我最喜欢的一首小诗《小河的歌》中所写，‘每天，我缓缓地从山野流过，在太阳和星辰的凝视下，低低吟唱自己的歌’。”这是上海市浦东新区市场监管局注册许可分局三级高级主办徐敏，在一次报告会上的深情告白。

6 月 25 日，首都北京张开热情的双臂，喜迎共和国一群平凡而又优秀的儿女——第九届全国“人民满意的公务员”。“很平凡的人”徐敏作为其中一员，在人民大会堂，受到习近平总书记等中央领导的亲切接见，并在表彰大会上作了发言。“为什么我的眼中常含着泪水，因为我对这土地爱得深沉”，这句脍炙人口的诗句，诠释了徐敏自 1993 年入职新成立的浦东新区工商局，成为注册窗口的一名新兵，26 年来坚守 1

平方米的窗口，接待创业者，提供咨询、告知办理流程、受理审核申请案，办理营业执照的兢兢业业。她参与或见证浦东市场监管先后推出的简易注销、证照分离、一企一证、互联网 + 信用监管等“放管服”改革 120 多项，其中近一半在全市乃至全国复制、推广。伴随着浦东每一次翻开新篇章，徐敏和她的同事们一道，在自己岗位上追逐梦想。

光荣与梦想，欢乐与幸福，一如这黄浦江边升起的朝霞。风从这边来，让我们走近徐敏，走进她的“徐敏创新服务工作室”，听听她的初心与使命的故事。

只设路标不设路障

在上海自贸区企业服务中心，几乎每个窗口都摆放着一个标志牌：“只说 YES 不说 NO”“不设路障设路标”“不说不能办，只说怎么办”……一系列徐敏团队总结出的服务“金句”，成为上海自贸区窗口工作人员的日常习惯。

政府部门的服务究竟做得好不好？优读科技的行政人力副总经理刘玉梅深有体会。她所在的公司打算注册一家新的子公司，名字是一开始就想好的：上海微报账数字科技有限公司。因为公司的拳头产品，名称就叫“微报账”，而公司成立后，主营方向就是“微报账”业务。本以为注册公司是一件很简单的事情，只要到窗口提交材料，经过审核、盖章后，就能拿到营业执照了。当提交完所有材料后，审核却未能通过。

原因是："报账"二字，属于财税专有名词，不可以作为公司名称进行注册。

这该怎么办？"微报账"这款产品，已经在市场推广了几年，覆盖面广，在全国积累了许多客户。如果公司名称和产品不一致，肯定会让客户产生误解，降低企业的信誉度。徐敏了解情况后，不仅"深度介入"，而且还上门调研。刘玉梅清楚地记得，那天是2018年12月25日，她们演示了"微报账"产品，软件符合经济数字化战略目标，能有效打通电子发票在线报销"最后一公里"。带着公司提交的情况说明书，徐敏来到上海市市场监督管理局，市局专题会建议，"行业名称"这个底线不能突破，但可以将"报"改为"宝"，于是"上海微宝账数字科技有限公司"当天就通过了预审核名，一个星期后，公司就拿到了营业执照。这一字之改，对于优读科技来说意义重大，子公司注册运作后，业务发展迅速。短短3个月，服务近30万个人用户，8000多家中小微企业、个体户和电商商家。

党代会上遇到的梦想合伙人

从认识、相约到相知，两年时间里，徐敏给"蚂蚁计划"发起人于杰留下了深刻的印象。2017年5月8日，上海第十一次党代会胜利召开。会上徐敏听说于杰是企业代表，就主动了解企业发展情况以及发展中的困难。党代会后，于杰邀请徐敏到孵化基地来看看，徐敏一口答应下来。第二天上午，她就带着同事们来到浦东新区高桥镇的蚂蚁小镇，现场与蚂蚁创客一起座谈，针对企业注册、经营范围、广告宣传等问题一一解答。

互联网可以为基础教育赋能，让教育更公平；为职业教育赋能，提升就业质量，让每个青年都有人生出彩机会；为产业教育赋能，为主导产业发展培养人才。徐敏知道这些后，就再也放不下“蚂蚁计划”。此后徐敏每次来“蚂蚁小镇”都带着“礼物”。这些“礼物”，都是企业最需要的新政策解读、企业调研、现场咨询等。

创客们问题多多，为了近距离了解创客们的需要，“徐敏创新工作室”就直接在蚂蚁小镇挂了个牌，与运营团队一起服务创客，开创“1对1对N”的服务模式，徐敏成为“蚂蚁计划”重要的“梦想合伙人”。

4年时间，“蚂蚁计划”在上海已建立9个蚂蚁创客空间和1个教育创客小镇，投资百家企业，服务上千创客，解决上万就业，还培育了10家细分行业隐形冠军。在高桥镇，“蚂蚁小镇”正成为创业活力的代言人。

“徐敏工作法”的“加减乘除”

“徐敏创新服务工作室”的季国峰对“加减乘除”工作法，最有发言权。2018年1月8日，带着创新与服务基因降生的工作室正式揭牌成立，10个小伙伴总结出了一套具有“加、减、乘、除”特色的“徐敏工作法”。

“加”就是改革的力度加服务的温度。徐敏说，浦东是全国改革开放的桥头堡，我们是和企业贴得最紧、与市场离得最近的部门之一，就像冲击钻的钻头，一找到改革的突进点，就要奋力向前。2015年以来，社会大众创业、万众创新的热情高涨，企业新增数量激增，新需求也不断出现，徐敏全程参与并推动了“窗口无否决权”服务机制的制定，其核心就是“不说不能办，要说怎么办”。2015年11月，李克强总理在登记窗口了解“窗口无否决权”后说道：“这个做法很好，你们就是为双创服务。”

季国峰记得，自贸试验区扩区以后，浦东又一次迎来企业开办潮，注册窗口常常排起长队，咨询材料准备问题。徐敏发现其中很多问题是共性的，便提出要做企业登记的“规范性文本”，让申请人可以拿来就用。大量登记过程中需要企业自行准备的文件材料，被制作成了相应的格式范本供企业参考使用，更多企业实现了到场办理，一次办成。

“减”就是拆路障，减少企业发展成本。在推动“证照分离”改革的过程中，涉及“六个双”改革的企业注册登记“双告知”工作。在改革举措刚落地的时候，第一时间组织企业及中介机构培训，对于已经取消、审批改备案的事项，重点向企业介绍，将改革举措第一时间告知企业。在处理疑难复杂问题的过程中，要设身处地、换位思考，务必要在法律框架内穷尽办法，帮助企业找到解决问题的出路。

“乘”就是拓展服务空间、放大服务效应，让企业“乘风破浪”。2017 年下半年，浦东开始推行“单窗通办”，徐敏从原先的一线受理窗口转移到后台。离开了 1 平方米的一线窗口，徐敏的服务面一下延展到了浦东 1210 平方公里。浦东大大小小的园区、街镇企业服务中心、孵化器平台、行业协会，都成了她的工作平台，使她必须腾出更多的时间和精力，到企业中间，了解企业需求，更好地服务企业。

“除”就是消除企业注册中的繁文缛节，排除创业者的艰难困苦。针对企业注销难的问题，早在 2014 年，浦东主动争取了企业简易注销课题的研究工作。2015 年，浦东成为全国第一批试点企业简易注销的地区。随后，该项改革在全国复制推广。2017 年起，徐敏提出“实地备案”制度，用除法找到了一大批企业注册资料的“最大公约数”，事先对共性的场地及相关材料进行审核，企业只要带着场地租赁协议就行了。

“没有比人更高的山，没有比脚更长的路”。载誉归来，徐敏深深地感受到平凡工作中蕴含的伟大意义。她说，置身这个伟大的时代，是我们最大的幸运。我们要以总书记的勉励为动力，不忘初心，牢记使命，不负荣誉，不负组织，继续植根于浦东这块改革创新的热土，“小窗口”发出的每一张执照都不再是冷冰冰的一张纸，而是充满热度、厚度、亮度的累累创新成果。一张张营业执照，是书写注册窗口“开卷考”的答卷，更是填写人生这场大考的答案。

让小窗口紧贴大市场

2019 年 7 月 10 日 / 来源：《人民日报》/ 作者：江琳

“看到自己注册过的企业招牌，就像看见自己接生的小孩一样。”上海市浦东市场监管局注册许可分局三级高级主办徐敏，在注册岗位一干就是 26 年。

注册窗口是市场准入的第一道窗口。1993 年，徐敏成为注册窗口的一名新兵，负责为企业提供咨询、告知办理流程、受理审核申请案，办出一张张营业执照。

坐在不足一平方米的小小窗口前，接待来自各地的投资创业者，徐敏深深感受到 1990 年起浦东开发开放的强大吸引力。徐敏工作中秉持的理念是：“遇到吃不准的情况，不能简单说‘不行’，而是要尽可能解决问题。”

2015 年 7 月，来窗口申请登记的一家初创企业注册申请表中，“工位”这一“异常”内容引起了徐敏的注意。“工位登记”在企业注册中并无先例。“不能简单说NO。”徐敏决定进一步核实情况。几天后，徐敏到企业调研，她一边调研一边琢磨，“能不能将‘工位’作为企业的注册地登记，减少初创企业的发展成本？”说干就干，徐敏带队与管理方、初创企业座谈，开展可行性方案研究，并多次向分局相关领导和市级业务部门汇报。最终，浦东市场监管局在张江高科技园区试点“工位登记”。从此，“工位登记”在浦东逐渐铺开……

徐敏平常喜欢琢磨事儿，“怎样才能让企业办事顺利一点？”她一直在思考这个问题。每当有企业办证遇到困难，徐敏就给自己布置额外“功课”：找原因、查资料、请示领导、请教上级业务部门、咨询相关单位，进而归纳总结最有效的解决方案。针对更多疑难杂症的“药方”，她记了一本又一本；有人打趣说，徐敏是开了“专家门诊”，不少企业称她为“注册窗口的‘金牌店小二’”。

2017年起，部分场地涉及改造，落户这些地方的企业来办注册，要提交复杂的场地材料，相关企业颇有怨言……为此，徐敏提出“实地备案”制度，事先对共性的场地及相关材料进行审核，企业只要带着场地租赁协议就能进行注册。

上海自贸试验区扩区以后，浦东又一次迎来企业开办潮：注册窗口常常排起长队咨询材料准备问题。“很多问题具有共性。”徐敏牵头梳理了大量登记过程中需要企业自行准备的文件材料，在此基础上制作企业登记的“规范性文本”，“让申请人可以拿来就用。”企业实现了到场办理，一次办成。

2019年初，常有不法分子冒用别人身份证，“被股东”“被法人”等问题为社会广泛关注。“如果能实时将身份证信息与公安局的数据库进行比对，就能从源头上杜绝这一现象了。”于是，徐敏带着工作人员联系企业服务中心，很快实现了身份证远程认证，又一项新举措得到施行。

据统计，近5年来，徐敏所在的浦东市场监管局先后推出了简易注销、证照分离、一企一证、“互联网+信用监管”等“放管服”改革举措120多项，其中88%已形成制度文件，近50%已在全市乃至全国复制、推广。

“我们是和企业贴得最紧、与市场离得最近的部门之一。就像冲击钻的钻头，找到改革的突进点，就要奋力向前，改革的力度就体现在我们身上，没有丝毫理由可以懈怠。”这是徐敏挂在嘴边的话。

翁祖亮在全国“人民满意的公务员”徐敏同志先进事迹报告会上强调

把无解变有解，在攻坚克难中闯出新路

2019 年 7 月 5 日 / 来源：《浦东时报》/ 作者：洪浣宁

全国“人民满意的公务员”徐敏同志先进事迹报告会昨天上午在浦东图书馆第一报告厅举行。党的十九大代表、全国“人民满意的公务员”、区市场监管局注册许可分局党总支副书记、“徐敏创新服务工作室”带头人徐敏，区市场监管局注册许可分局法制员、“徐敏创新服务工作室”成员季国峰，上海沪江教育科技股份有限公司党委书记、蚂蚁计划发起人于杰，上海优读信息科技有限公司行政人力副总经理刘玉梅，分别从各自角度，讲述了徐敏在企业准入的注册窗口，坚守 26 个春秋寒暑，服务千千万万家企业的故事。

聆听了徐敏同志的先进事迹后，市委常委、区委书记翁祖亮动情地说，徐敏同志以“小窗口”推动“大服务”，用“小纸张”实现“大创新”，把自己的“小浪花”融入了浦东改革发展的“大潮流”，在这一大

一小之间，我们看到了一名“金牌店小二”的服务奉献，看到了一名“梦想合作人”的全情投入，看到了一名“注册战线老兵”几十年如一日的工匠精神和责任坚守。

翁祖亮说，当前，市委市政府出台支持浦东改革开放再出发的意见，打响了“发令枪”、吹响了“冲锋号”。日前，李强同志又专门到浦东调研视察，希望浦东勇当标杆、敢为闯将，在更高起点上书写新的发展传奇，要求浦东的干部传承好、发扬好浦东开发开放之初那股敢跟全球顶级水平对话的志气、强烈渴望建功立业的心气、艰苦奋斗忘我工作的朝气。勇当改革开放创新发展的标杆，就需要一大批像徐敏同志这样的好榜样、好典型，激励大家牢记使命、迎难而上、奋勇拼搏。

翁祖亮说，希望大家学习徐敏同志“充满激情”的奋斗姿态，始终把职业当事业，在平凡岗位上干出不平凡的业绩。徐敏同志在企业注册登记的一线坚守了26年，她的工作岗位是平凡普通的，但却始终能够激情满怀地干工作。徐敏同志用行动告诉我们，只要有激情、肯用心、愿付出，再平凡的工作都能成为名牌和名片。我们每一位同志，都要学习她把职业当事业、干一行爱一行钻一行的工作态度，始终精神抖擞、斗志昂扬地干好每一项工作，在浦东这片大舞台上发光发热。

翁祖亮强调，希望大家学习徐敏同志“富于创造”的能力本领，善于把无解变有解，努力在攻坚克难中闯出新路。注册窗口是和企业贴得最近的一线岗位，新情况、新问题、新矛盾层出不穷，徐敏同志的解决方案就是创新、创新、再创新，通过创新找到破解难题的最优解、找到优化服务的新路径。浦东处在改革开放的最前沿，很多工作需要开拓性思考、创造性落实，我们需要更多像徐敏同志这样富有创造力的干部，面对发展难题不绕道不退缩，面对改革需求勤思考善突破，勇闯新路、善谋新招，不断增强企业群众的获得感、满意度。

翁祖亮说，希望大家学习徐敏同志“勇于担当”的使命意识，坚持把责任扛肩上，真正做到愿做事、敢做事、能成事。徐敏同志在为企业解决疑难的过程中，经常会遇到“无先例可循”“无政策可依”的情况，但她始终“只说 YES 不说 NO”，只要企业有困难，总能一次次站出来，全心全意帮企业想办法、找路径、寻突破。我们每一位同志都要学习徐敏同志的担当精神，遇到难题不要推诿扯皮、做“甩手掌柜”，而是勇挑最重的担子、敢啃最硬的骨头，没有条件创造条件上、没有办法想方设法干，尽一切可能把活干成、把事做优。

区领导杭迎伟、田春华、严旭、冯伟、李贵荣、姬兆亮、金梅、单少军、唐劲松、李泽龙、金辉、姚凯等出席报告会。唐劲松主持报告会。报告会前，区领导还亲切会见了报告团成员。

后 记

从 5 月起，浦东有一群“文字工作者”始终处于“激情亢奋”的状态，受托于中共浦东新区区委宣传部、浦东新区市场监督管理局，浦东时报社、《浦东开发》杂志社的部分记者编辑们参与了本书的编撰。

曾以为，这是一项常规任务，一如我们每天宣传报道的各色新闻事件。而事实上，参与其中的我们，很快有了新的体悟，随着这本书的逐渐成形，内容的不断丰满，与其说我们是承担了一项工作，不如说是感悟了一段人生；与其说是编辑了诸多文本，不如说是经受了一番洗礼。

徐敏是这样的平凡。起初，这份平凡甚至让我们这些“新闻人”不太适应，总想从她的身上发掘出“轰轰烈烈”“惊心动魄”“气贯长虹”，但是这些形容词与她都不沾边。然而，随着采访和写作的深入，当我们心中概念化的徐敏消失不见，才意识到自己的浅薄与不智。其实，任何貌似华丽的辞藻都已在徐敏的“平凡”面前黯然失色，因为她已经将这份平凡堆砌至常人难以企及的高度。

恰如书名《小窗口助力大梦想》，我们透过徐敏这扇窗，看见的是整个浦东永不停歇的奋进梦想。由徐敏在注册窗口的点滴故事，我们看到一个个创新创业的脸孔，热盼于改革浪潮中流击水；我们看到徐敏精神的传承，一名名“小徐敏”在“徐敏创新服务工作室”成长；我们更看到徐敏所代表的浦东公务员群体，他们是牢记初心、忠诚履职、富于创造、勇于担当的“新时代闯将”。

感谢中共浦东新区区委宣传部、浦东新区市场监督管理局的信任，让我们有幸参与本书的编撰。感谢上海人民出版社对本书的顺利出版给予大力支持。

我们更要感谢徐敏的故事给予我们奋进的力量。我们还需感谢在本书中接受采访、分享经历的每一位，因为你们和徐敏一样，都是奋斗者，都是追梦人。

图书在版编目(CIP)数据

小窗口助力大梦想:徐敏的故事/中共上海市浦东新区委员会宣传部,上海市浦东新区市场监督管理局编著.—上海:上海人民出版社,2019
ISBN 978-7-208-16039-2

Ⅰ.①小… Ⅱ.①中… ②上… Ⅲ.①徐敏-先进事迹 Ⅳ.①I25

中国版本图书馆 CIP 数据核字(2019)第 172860 号

责任编辑 罗俊华
封面设计 谢定莹

小窗口助力大梦想:徐敏的故事

中共上海市浦东新区委员会宣传部
上海市浦东新区市场监督管理局 编著

出　　版 上海人民出版社
(200001 上海福建中路 193 号)
发　　行 上海人民出版社发行中心
印　　刷 常熟市新骅印刷有限公司
开　　本 720×1000 1/16
印　　张 13.5
插　　页 8
字　　数 137,000
版　　次 2019 年 9 月第 1 版
印　　次 2019 年 9 月第 1 次印刷
ISBN 978-7-208-16039-2/K·2884
定　　价 58.00 元